«Intriga, negocios, política de empresa y sexo apasionado se suceden a lo largo de este magnífico libro que te hace inmediatamente comenzar el siguiente», *New York Journal of Books.*

«Los frecuentes encuentros eróticos de alto voltaje y las fantasías harán que no puedas dejar de leer este libro. Davis crea con maestría una historia inspiradora en la que el sexo se presenta como liberador y como una metáfora del poder, y donde la química se impone sobre la tediosa complacencia», *Publishers Weekly.*

EXPUESTA

SOLO UNA NOCHE 2

KYRA DAVIS

Título original: *Exposed. Just One Night II*
© 2013, Kyra Davis
Publicado previo acuerdo con Pocket Books, sello editorial de Simon & Schuster, Inc.
© 2013, de la traducción, Anjana Martínez
© De esta edición: 2014, Santillana USA Publishing Company, Inc.
2023 N.W. 84th Ave.
Doral, FL, 33122
Teléfono: (305) 591-9522
Fax: (305) 591-7473
www.prisaediciones.com

Diseño de cubierta: Lisa Litwack

Primera edición: abril de 2014

ISBN: 978-1-62263-904-5

Printed in USA by HCI Printing
16 15 14   1 2 3 4 5 6 7 8 9

PRISA EDICIONES

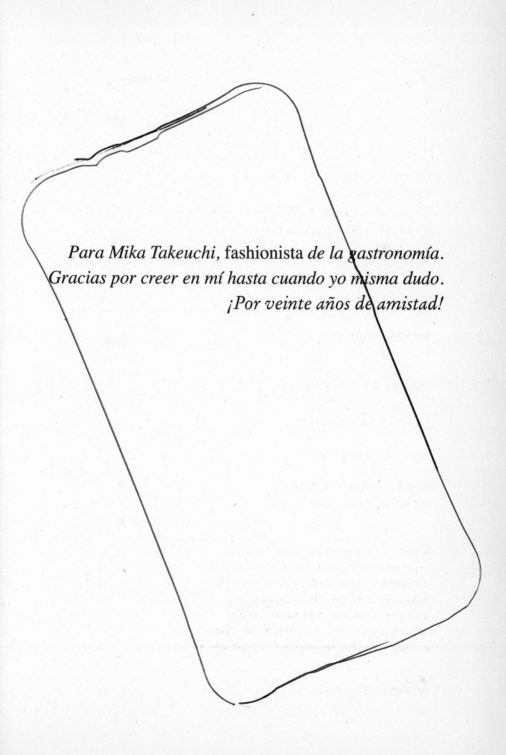

Para Mika Takeuchi, fashionista *de la gastronomía.*
Gracias por creer en mí hasta cuando yo misma dudo.
¡Por veinte años de amistad!

Agradecimientos

En este proyecto me ha ayudado mucha gente. En primer lugar está mi increíble editor, Adam Wilson, que siempre defiende mi trabajo y con cuya ayuda puedo contar en todo momento para limarlo y hacer que brille. También está el equipo de Pocket Star, que me ha apoyado muchísimo y que ha hecho un trabajo increíble con la promoción. Y después está la revista *Cosmopolitan* y su sección «La postura del día». Gracias, *Cosmopolitan,* por ayudarme a averiguar la mejor forma de hacer el amor sobre una mesa. Estoy convencida de que deberíais ser la principal referencia de todo escritor de novelas románticas y eróticas.

Índice

SOLO UNA NOCHE

SEGUNDA PARTE

EXPUESTA

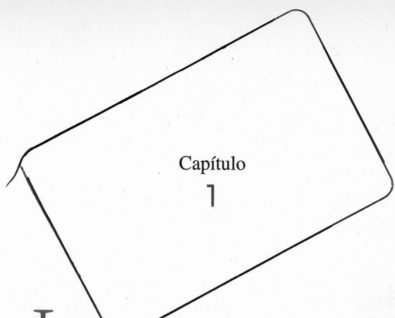

Capítulo
1

Hace once días conocí a un hombre con el pelo canoso y brazos esculturales y fornidos. Robert Dade. Nos conocimos en Las Vegas y se ganó mi atención con una sonrisa. Conversamos, primero en la mesa de blackjack, después en un bar, y luego en su habitación de hotel.

Debería haber pensado en Dave cuando Robert se sentó a mi lado. Dave, el hombre con el que llevo saliendo seis años, el hombre que quiere que sea su esposa. Debería haber recordado los compromisos que tengo, antes de haberle ofrecido mi cuerpo a Robert aquella noche en Las Vegas. Pero Robert desató un animal que estaba encerrado dentro de mí, uno que le arañó la espalda y le mordió el cuello. No sabía qué tipo de bestia era. No entendía el caos que podría provocar.

Y, aun así, el caos ha sido delicioso. Como tomarte un helado tras haberte pasado la vida a dieta.

¿Cuántas veces he intentado decir adiós a Robert Dade? En Las Vegas, en su despacho de Santa Mónica, en la pantalla de mi ordenador… Y en todas esas ocasiones he acabado sin aliento y desnuda bajo las caricias de sus ojos y de sus manos. Lo único que tiene que hacer es decir mi nombre, Kasie… Eso es todo. Basta con eso para que me ponga a temblar. «Kasie», susurra, y yo me estremezco.

Robert me considera una mujer fuerte. Dice que quiere liberarme de los límites que yo misma me he impuesto. Dice que quiere pasear a mi lado por la playa, cenar conmigo y celebrar los pequeños placeres de la vida… juntos.

Dice que se preocupa por mí, no por la mujer que me gustaba mostrarle al mundo, sino por la mujer que se oculta detrás de esa fachada, la que se niega a que le ahoguen las expectativas de los demás.

Me contó todo eso en el yate.

En mi mente sigo estando en ese barco en ese preciso momento. Sí, es la realidad en la que he elegido creer. Le tiendo la mano a Robert y me susurra palabras de consuelo. Me dice que podemos estar juntos sin hacer daño a nadie. Tan solo somos dos personas; no tenemos poderes para conjurar tormentas letales ni para poner el universo entero patas arriba. Tan solo somos dos personas que se están enamorando.

Me dice que podemos escaparnos, solo por una temporada, y que, cuando volvamos, todo estará como debería estar. Yo seguiré teniendo mi puesto en la consultoría internacional en la que llevo años escalando posiciones y mi trayectoria profesional seguirá estando asegurada. Él seguirá siendo el director general de Maned Wolf Security, el cliente más importante de mi empresa. Trabajaremos juntos, jugaremos juntos, estaremos juntos.

No tenemos por qué sentir el dolor que provocan el sentimiento de culpabilidad y las consecuencias de nuestros actos. Tan solo placer. Como si quisiera demostrármelo, se acerca a mí. Me acaricia la mejilla con la mano. Tiene las manos suaves y ásperas al mismo tiempo. Con ellas ha construido delicados trabajos de carpintería y potentes empresas. Me pasa las manos por el pelo y tira un poco de él.

«Kasie», susurra, y la jaula se abre.

Siento su boca sobre la mía, mientras desliza los dedos entre mis piernas y presiona levemente…, justo ahí, en el clítoris. Las prendas que me cubren resultan insignificantes y ridículas ante el calor que generamos. Me pregunto si será necesario que me quite la ropa o si se derretirá ella sola.

Pero Robert responde a esa pregunta quitándome la camisa para agarrarme de los pechos y pellizcarme los pezones, que están tan duros que parece que quisieran perforar el sujetador. Estamos en la cubierta de su barco, atracado en Marina del Rey. La gente puede vernos. Siento cómo sus ojos se desvían del océano a nuestro fuego. Observan cómo me desnuda, observan cómo me toca, y a mí me da lo mismo.

Porque estoy con Robert. Porque sé que, cuando estoy con él, estoy a salvo.

Me atrae hacia él y me lame con delicadeza la curva del cuello. Siento su erección contra mi vientre: siento cómo me humedezco anhelando que me penetre. La gente nos observa mientras le quito la camisa y muestro su cuerpo perfecto y duro; como si lo hubiera cincelado un hábil escultor. La gente nos observa mientras me desabrocha el sujetador y lo tira a cubierta. Me reclino en una tumbona… ¿Había una en el barco?

Da igual. En la realidad que he elegido yo, la hamaca está ahí y puedo reclinarme en ella medio desnuda, invitándole a que me tome ante los ojos de quien pase por delante. Les dejo que nos contemplen. Les dejo que hagan fotos; a mí no me importa. Me da todo igual. Este es mi mundo. Yo elijo qué reglas se siguen y cuáles se destruyen. Cuando noto los dedos de Robert tratando de desabrocharme los botones de la cintura, sonrío tumbada en la hamaca; cuando noto que me quita los pantalones, sonrío; y cuando roza con los dedos mis braguitas empapadas, jadeo.

«Es una preciosidad», murmura un hombre que está en el otro extremo del embarcadero, pero le oigo perfectamente. Jamás ha visto a nadie como yo. Jamás ha visto a nadie consumido por semejante pasión y energía.

Contemplo a Robert quitándose el cinturón; sus ojos no se alejan en ningún momento de los míos. Permanece ajeno a nuestro público. Solo me ve a mí, a la mujer que desea, al animal que ha desatado.

Cuando se baja los pantalones, me quedo sin respiración. Él es la razón por la que los griegos decidieron que la figura humana merecía ser adorada. Su deseo es patente y me lanzo a por él, aunque al principio no se deja.

En lugar de acceder a que le toque, se arrodilla delante de mí, me quita las braguitas empapadas y me abre con la lengua.

Arqueo la espalda y grito. Me he derretido, estoy más que entregada. Se han acercado más mirones. Mujeres y hombres. Me tocan con sus ojos con la misma determinación con la que Robert Dade me toca con sus manos y su boca. Su lengua sigue jugando conmigo —al principio se mueve despacio, después más rápido—, mientras me introduce los dedos para hacer que la experiencia sea completa.

Ahora me toca a mí pasarle los dedos por el cabello y tirarle del pelo, mientras un deseo irresistible me recorre el cuerpo entero. Tengo las caderas en el aire; el orgasmo se acerca. Oigo los susurros de los espectadores, oigo los clics de las cámaras cuando estallo, incapaz de contenerme ni un instante más.

Entonces Robert se aparta y sonríe… Ahora la tumbona me parece más ancha y también más sólida. Se tumba encima de mí, presiona su polla contra mi núcleo…, pero no me penetra; aún no.

Me mira a los ojos mientras le suplico en silencio, y el público contiene la respiración. Comparten mi anhelo, comparten mi necesidad. Entonces, con una potente embestida, me penetra y noto que dan su aprobación cuando mi cuerpo entero se balancea con la fuerza de él.

Muevo las caderas a nuestro ritmo, araño su suave piel y palpo sus duros músculos, mientras él empuja, cada vez más dentro de mi cuerpo.

Me coloca la pierna sobre su hombro y llega aún más profundo. Sus ojos no se separan de los míos ni un instante. Siento su aliento, huelo su *aftershave* en mi piel.

Apenas puedo contenerme; la pasión es excesiva, pero me sujeta los brazos sobre la cabeza para impedir que me mueva, tal y como hace a veces para obligarme a que me limite a recibir placer, mientras el mundo nos observa.

Todas y cada una de las partes de mi cuerpo palpitan, mientras él lleva las riendas de este baile erótico.

«Robert», digo su nombre entre gemidos; es la única palabra que soy capaz de pronunciar, la única palabra que se me ocurre en este momento.

Sonríe y acelera el ritmo. Es la gota que colma el vaso. De nuevo arqueo la espalda, sacudo la cabeza hacia los lados, mis pechos se alzan, mis pezones se rozan con su torso y vuelvo a gritar; esta vez su voz se une a la mía, pues nos corremos juntos, ahí, en la cubierta del barco.

La gente nos mira, pero no puede tocarnos. Somos demasiado fuertes para que sus miradas nos afecten. Ni siquiera les prestamos la más mínima atención, mientras tratamos de recuperar el aliento, abrazados, empapados en sudor.

La gente nos contempla y me ven a mí; ven a la mujer que ve Robert, ven al animal, a la fuerza, a la vulnerabilidad. Pero yo no les veo a ellos. Lo único que existe en este momento es el hombre que jadea tumbado sobre mí. Me mira a los ojos y sé que estamos a salvo.

«Me estoy enamorando de ti», dice.

Y sonrío.

* * *

Esa es la realidad en la que quiero creer, pero tumbada en la cama de Dave —que, sin haberme rozado siquiera, logra que me sienta violada—, me doy cuenta de que esa fantasía no tiene suficiente sustancia como para que pueda aferrarme a ella. Se aleja flotando hacia mi subconsciente, donde esperará a que me duerma para poder volver a cobrar vida en mis sueños.

Pero sé que tardaré en coger el sueño. Dave ronca a mi lado. Parece estar tan tranquilo, pero ¿cómo es posible? ¿Cómo puede estar tan tranquilo después de lo violento que ha sido nuestro encuentro?

Porque no elegí quedarme en el barco. Dejé a Robert plantado en cubierta. Me marché mientras él pronunciaba mi nombre.

Dave había averiguado la verdad. Robert no lo sabe, pero me fui porque recibí un mensaje de Dave. Estaba esperándome en el aparcamiento y estaba dispuesto a utilizar la información que había descubierto para humillarme en el trabajo, delante de mi familia… Amenazaba con convertir mis pesadillas en realidad.

Acudí a Dave para detenerle, sí. Pero no solo por eso; acudí a Dave porque se lo debía. Tenía que compensar el daño que le había causado por elegir a Robert.

¿Lo había hecho? ¿Se había quedado satisfecho con su venganza? Puede que sí, puede que no. Dave diría que no se ha vengado; diría que estaba ayudándome.

Hace unos meses, en algún canal de noticias, escuché una entrevista a un terrorista. Tenía a varios rehenes, pero los llamaba «invitados». En ese momento, los rehenes asintieron con la cabeza y empezaron a cantar las alabanzas del secuestrador. Repetían que era un anfitrión perfecto y que disfrutaban de cada minuto que pasaban en esa reclusión forzada.

¿Habían arañado esas palabras la garganta de los cautivos?

No soy una rehén en Oriente Medio. Sé que Dave no tiene intenciones de matarme y que el futuro no me depara torturas físicas.

Pero sí que entiendo cómo se siente uno cuando le fuerzan a alabar a la persona que se propone hacerte sufrir. Conozco la humillación y la impotencia. La sentí esta misma tarde cuando hablé con mis padres por teléfono, antes de que cogieran el vuelo para volver a casa. Les di las gracias por venir a la «maravillosa» fiesta sorpresa que Dave me había preparado. Miré el anillo de compromiso en mi dedo, ese rubí que una vez había codiciado, y les dije que estaba deseando que llegara el día en que me convirtiera en la señora de David Beasley.

Dave se quedó delante de mí durante toda la llamada para indicarme las frases que tenía que pronunciar.

Lo sentí también cuando escribí a mi amiga Simone para decirle que había elegido a Dave. Le mandé un mensaje porque no me veía capaz de decir la palabra «elegir» sin echarme a llorar. Lo cierto es que ya no tengo capacidad de elección. La perdí cuando bajé del barco, le entregué las llaves de mi coche a Dave y le dejé que me llevara a mi prisión. Él condujo y yo iba en el asiento del copiloto retorciendo mis temblorosas manos como una rehén. Como una mentirosa.

Mis padres no son los únicos que quieren a Dave. Dave es el ahijado de Dylan Freeland, uno de los fundadores de la empresa en la que trabajo. «Es como un hijo para mí», afirmó el señor Freeland en mi fiesta de compromiso. Fue un sutil recordatorio de que mi carrera profesional y mi vida amorosa no están tan separadas como me gustaría.

Además, Dave conoce los secretos de mi familia… Sabe que mi hermana perdió el control arriesgándose a bailar con la autodestrucción. Sabe que utilizó sus impulsos irresponsables con el mismo fin con el que Cleopatra usó el áspid y Julieta, la daga. Sabe que yo no quería ser como mi hermana.

Y sabe que he fallado.

Así que me llevó a su casa y estuvimos de pie en el salón sin intercambiar palabra durante diez minutos. Yo quería romper el silencio, pero era incapaz de transmitir la suficiente gravedad con un «Lo siento».

Permanecimos cada uno en un extremo de la habitación en ese mutismo opresivo. Procuré encontrar su mirada con la mía, pero tenía una expresión tan agresiva que tuve que agachar la cabeza. No es demasiado alto, pero en ese momento su ira le hacía parecer más alto, más amenazante.

Permanecía de pie delante de la chimenea, agarrándose a la repisa como si en cualquier momento fuera a arrancarla de la pared.

—Eres una puta.

—Cometí un error —respondí débilmente—. Creo…, creo que me asusté. No tenía claro lo del matrimonio…

Cogió entre las manos el caro jarrón de cristal Waterford que estaba sobre la repisa, lo contempló un momento y lo lanzó a la otra punta del salón. Se estrelló contra la pared que yo tenía detrás…, demasiado lejos como para pensar que me estaba apuntando a mí.

Pero aun así…

—Eres una puta.

—Dave, lo siento tanto…

—No quiero que te disculpes.

Dio un paso al frente. Tiene el pelo rubio y los ojos azul claro, pero esos colores suaves ahora están teñidos por una enemistad acérrima.

Yo le he hecho eso. Es por mi culpa.

—Si no quieres que me disculpe —comento con delicadeza—, ¿qué es lo que quieres?

—Quiero que lo admitas.

—¿Que admita qué?

—Que eres una puta.

Da otro paso hacia mí.

La última vez que hice el amor con Robert fue en su casa. Después se quedó abrazado a mí y nos reímos compartiendo detalles sin importancia de nuestras vidas. Me trató con afecto y cariño, logrando un equilibrio perfecto y fascinante con nuestro pasional deseo.

Me siento superculpable…, pero no me siento como una puta.

—Creo… —comencé en voz baja— que deberías darme las llaves de mi coche. Deberíamos hablar de esto cuando estés más tranquilo.

Mi parsimonia le elevó a otro nivel de furia. Me cogió de los brazos y me empotró contra la pared.

Cuando Robert me había empotrado contra la pared, había sido excitante…, pero eso se debía a un fervor más ardiente.

El odio es completamente diferente.

La agresividad de Dave me afectó de un modo que no hubiera predicho. Es como si me sacara de mi cuerpo. Ya no era la mujer que tenía empotrada contra la pared, sino un simple espectador que observaba la escena desde fuera. Veía a Dave y, cuanto más enrabietado se ponía, más débil me parecía. Le hice daño. Le traicioné. Lo hice mal.

Pero su reacción me hace plantearme si quizá tenía motivos para hacer lo que hice.

—Tienes que soltarme.

Dave dudó. Quería hacerme daño. Puede que también quisiera hacerse daño a sí mismo. Pero, a diferencia de mí, Dave es un experto de la autodisciplina.

Retrocedió varios pasos y desvió la mirada tratando de reunir la suficiente fuerza de voluntad. No puedo evitar admirarle por ello.

—Mis llaves —repetí.

Siguió mirando a la nada… o quizá estaba mirando al pasado. Quizá contemplaba los pasos en falso que nos habían conducido hasta aquí.

—Le dije a tu madre que podría haberle pasado a cualquiera —comentó.

Me quedé helada.

—¿Has hablado con mi madre?

—Hace años —aclaró—. Fuimos a visitarlos a su casa de Carmel para ver al concurso de automóviles de Pebble Beach. Tu padre, tú y yo… Fuimos todos menos tu madre, que se excusó diciendo que tenía migraña.

—Lo recuerdo.

—Después de una hora viendo automóviles, decidí dejaros solos a tu padre y a ti porque a mí nunca me han interesado demasiado los coches, y vosotros dos no pasáis mucho tiempo a solas. Volví a la casa de vacaciones de tus padres y me encontré a tu madre sentada en el sofá color crema frente a una mesita repleta de fotografías. Estaba llorando.

—¿De qué eran las fotos?

—De tu hermana.

—Esas fotos no existen.

—¿Te ha dicho que las había eliminado junto con los recuerdos? ¿Y lo creíste?

No le contesté. Sabía que se habían deshecho de todo lo relativo a Melody: su ropa la habían donado a la beneficencia o tirado a la basura; sus animales disecados, a un contenedor; sus diarios, quemados junto a sus fotos… Les vi hacerlo. Me quedé mirando mientras encontraban mil y una formas de escupir sobre su recuerdo.

—Guardó algunas —comentó Dave con suavidad—. Si fueras capaz de dejar de mirarte el ombligo de vez en cuando, te hubieras dado cuenta de que tu madre no es tan insensible como para destruirlo todo.

Hay insultos que no se pueden olvidar. Este fue uno de ellos.

—Tu madre me dijo que estaba obsesionada —prosiguió—. Quería saber en qué había fallado y le respondí que bastaba con fijarse en ti para saber que cualesquiera que fueran los demonios que acabaron con Melody fueron fruto de su propia creación. Si hubiera sido culpa de tus padres, tú también habrías perdido el control.

No quería oír ni una palabra más.

—Tu madre me dijo que tu hermana era una puta. Yo le contesté que tú no te parecías en nada.

En ese momento se me escaparon varias lágrimas rebeldes, que rodaron por mis mejillas dejando marcas de maquillaje.

—¿Cómo va a vivir con esto, Kasie? —me preguntó.

Su voz se había ido suavizando a medida que sus palabras se hacían cada vez más ásperas. Me sentía como si me estuviera acariciando con alambre de espino.

—No es necesario que se entere —le rogué.

—Si rompemos, sí será necesario. Yo no soy como tú. Yo no creo que decir mentiras piadosas sea mejor que enfrentarse a la cruda realidad. Quizá tus padres no te fallen ahora como debieron de hacer cuando tu hermana y tú erais pequeñas. Puede que te ayuden, porque Dios sabe que necesitas ayuda... Si no la recibes... Piensa en lo que le ocurrió a tu hermana, Kasie...

—Eso no es justo.

—Como mínimo, deberían saber que no pueden confiar en ti. Deberían saber que eres una mentirosa.

—¡Te mentí a ti! —grité.

No quedaba rastro de mi calma... Recuerdos de Melody, del dolor en los ojos de mis padres, de la confusión que rodeó a su muerte...

Tumbada ahora al lado de Dave, cuesta recordar que se supone que la víctima es él y yo, la forajida.

—Te engañé a ti —le dije, no tan alto esta vez—. Eso no significa que vaya a mentir sobre otras cosas ni que no se pueda confiar en mí.

—Estoy seguro de que cuando, a los catorce años, pillaron a Melody por primera vez bebiendo chupitos de tequila, insistió en que podían confiar en que no caería en las drogas. La sabiduría popular asegura que el que te engaña una vez te volverá a engañar. Pues te diré algo: los que engañan a su pareja son unos mentirosos. Es una perversión. Un problema que lo va impregnando todo y que manchará todo lo que toques. Eres una mentirosa, Kasie, y no se puede confiar en ti. Ni yo, ni nadie, porque ahora sabemos que cuando sirva para alcanzar tus objetivos…, cuando esté en juego tu placer, mentirás.

—Dave.

—Tus padres deberían saberlo —continuó—. Tu jefe, también. Y obviamente también el equipo que lideras en el trabajo. Deberían saber que has estado tirándote a un cliente. Deberían saber que te pusiste de rodillas para hacerle una mamada y conseguir así la cuenta. Al fin y al cabo, tus acciones les afectan. La cuenta también es suya. Deberían saber que, cuando se canse de tus atenciones, y sin duda lo hará, se llevará la cuenta a otra empresa.

—Ay, Dios. Por favor, Dave…

—Y si tus padres, tu jefe, tus compañeros… Si todos deciden rechazarte, repudiarte como tus padres repudiaron a tu hermana, no deberías enfadarte, Kasie. Tienen derecho a protegerse. Tienen derecho a decidir pasar su tiempo con gente que tiene valores y una moralidad más respetable que la tuya.

—Dave, te lo suplico…

—¿Me lo suplicas? —pregunta.

Su mirada estaba clavada en la mía, pero era incapaz de interpretarla. No conocía al hombre que tenía delante; no conozco al que duerme ahora a mi lado.

Quizá tampoco me conozco a mí misma.

—¿Me estás suplicando a mí, Kasie? —volvió a preguntar—. ¿Quieres que te ayude?

No sabía qué decir. Me resultaba más fácil cuando se comportaba con agresividad. Prefería los golpes de su puño al navajazo de sus palabras.

—Quiero ayudarte —afirmó—. No tienes por qué ser Melody. Puedo ayudarte a que vuelvas a encontrar el camino. Si dejas que te ayude, nadie tendrá por qué saber lo que hiciste. ¿Es eso lo que quieres?

Asentí con la cabeza, incapaz de hablar.

—Bien. Eso también es lo que quiero yo.

Se me acercó y me acarició el rostro con el dorso de la mano. Permanecí inmóvil. Me entraron náuseas.

—Quiero recuperar a la mujer de la que me enamoré. Sé que aún está ahí dentro. Tú también lo sabes, ¿verdad?

Volví a asentir, volví a llorar.

—Bien, me alegro, porque si vamos a recuperarla, lo primero es admitir el problema. Tienes que admitir en lo que te has convertido.

Apreté mis párpados cerrados. Pensé en Robert Dade. Pensé en su sonrisa, en sus cálidas manos y en sus dulces palabras.

—Necesito que lo digas, Kasie. Necesito saber que eres consciente de la gravedad de tu degradación. Necesito que admitas dónde estás para que podamos comenzar a traerte de vuelta donde yo…, donde todo el mundo necesita que estés.

—Dave —susurré. Su nombre me produjo escozor en la lengua—. Por favor, no…

—Dilo, Kasie. Dilo para que no me vea obligado a sacar todo esto a la luz. Dilo para que podamos volver donde estábamos.

Abrí los ojos. Quería volver a salir de mi cuerpo. Quería volver a ser un espectador.

Pero ahora estoy aquí metida y no encuentro una salida.

—Dilo.

Tenía una mirada fría y expectante a la vez.

Dolor, odio, rabia, impotencia… Recuerdos de los besos de Robert Dade, recuerdos de la ar-

monía… Todo eso se había esfumado. Por mi culpa. Ya había renunciado al poder, la libertad y la
moralidad. Habiendo perdido todo eso, ¿cómo
podía esperar conservar el orgullo?

—Dave… —La palabra se me volvió a atra-
gantar—. Dave…. Soy una puta.

Y él sonrió, mientras yo me derrumbaba.

Capítulo
2

Esa noche Dave no me tocó. Menos mal, porque, si lo hubiera hecho, puede que lo hubiera matado. Me hubiera gustado contenerme, pero no siempre consigo lo que quiero.

Por ejemplo, no quería quedarme en casa de Dave, pero él había insistido. Sé bien por qué. No quería que fuera a ver a Robert. Quería vigilarme, controlarme, mantenerme a raya.

Es curioso, porque hace unos días quería estar bajo control; me daba lo mismo cuánto control proviniera de mí misma y cuánto de otros. Mientras lograra permanecer en el camino predeterminado, todo iría bien. Tenía tantas metas: lograr éxito en mi trabajo, ganarme el respeto de los profesionales de mi sector y de las personas a las que quiero…, pero mi objetivo principal era no ser Melody. Mi hermana, en lugar de avanzar por cualquiera de los muchos caminos que se le habían propuesto, había echado a correr por el bosque, apartando ramas, ignorando las espinas que le arañaban la piel y ajena a los seres vivos que aplastaba a cada paso.

Robert me había dicho que, si elegía a Dave, estaría optando por una cárcel y descartando lo desconocido. Le había respondido que todos vivimos en algún tipo de prisión y que al menos con Dave la jaula sería dorada.

Sin embargo, en su dormitorio, de pie delante de su cama, observo al hombre que una vez amé y no veo brillo alguno.

Se me vuelve a pasar la violencia por la cabeza. Se me ocurre taparle la cara con una almohada y no soltarle hasta que se ahogue. ¿Sería Dave capaz de impedirlo? Y si no lo fuera…, ¿podría yo ocultar el crimen?

La oscuridad de mis pensamientos me hace palidecer. Aún no son ni las seis de la mañana, pero tengo que salir de aquí, porque si Dave está en lo cierto, si no soy capaz de resistirme a las tentaciones…, entonces los dos tenemos un problema.

Entro de puntillas en el vestidor. ¡Hace tanto que no paso la noche en su casa! Siempre nos quedamos en la mía porque a los dos nos queda más cerca del trabajo. Pero hay otra razón por la que prefiero mi casa. Mi hogar... respira. Incluso cuando las cosas nos iban bien, la casa de Dave me resultaba un poco agobiante. Todo está siempre en su sitio. Los libros y los CD están colocados por orden alfabético y las esquinas de las sábanas están dobladas con una precisión militar.

Sin embargo, de vez en cuando me convencía para que me quedara a dormir y, para esas contadas ocasiones, tenía algo de ropa aquí, incluido un chándal, oculto en el único cajón que Dave me había asignado. En el armario encuentro mis zapatillas de deporte y me las pongo, mientras Dave sigue roncando.

* * *

Una vez en la calle, me pongo a correr a una velocidad digna de un delincuente. Obviamente, mi celeridad tiene más relación con el pánico que con el atletismo.

Pero a medida que me alejo de la casa, reduzco la intensidad. Aunque mi corazón sigue acelerado, logro ir a mi ritmo y mantener una respiración acompasada y regular. El aire frío me da fuerzas y cada paso que doy me ofrece alguna idea nueva.

Por primera vez se me ocurre que puede que haya una tercera opción; otro camino, uno que quizá tenga baches, pero no abismos. Si piso con cuidado, puedo evitar la mayoría de las espinas, o puede que incluso todas. Las hojas secas crujen bajo mis suelas de goma al pasar por delante de los chalés color crema y amarillo pálido de Woodland Hills. El mantenimiento de todos los jardines es impecable y cada puerta está protegida con un sistema de seguridad individual.

Hay espinas y espinas. No creo que pudiera sobrevivir a la humillación o al dolor que les causaría mi aventura a mis padres, pero sé que no puedo sobrevivir a la destrucción pública de mi carrera.

«Deberían saber que te pusiste de rodillas para hacerle una mamada y conseguir así la cuenta».

No es cierto, pero dará lo mismo. Mi máster en Empresariales en Harvard, todo mi esfuerzo y mis logros profesionales… Todo será lanzado a las aguas revueltas de la opinión pública. Mi carrera entera, tirada por la borda y olvidada para siempre.

Mis padres se culparán a sí mismos y me borrarán de sus vidas, tal y como borraron a Melody.

Mucha gente se ha negado a que le condenen al ostracismo. Por ejemplo, en países complicados, hay mujeres que se han enfrentado a sus maridos y les han abandonado, aunque tal acción se considerara la mayor deshonra posible; hay hombres que han alzado la voz para admitir con orgullo que son gays, aunque eran conscientes de que su comunidad, su iglesia y su familia les repudiarían por ello; hay activistas políticos que han manifestado sus ideas cuando todo el mundo insistía en que siguieran la línea del partido.

Son los héroes y heroínas de nuestra época. Pero ellos abanderan la moralidad, yo no.

Soy una mujer capaz y tenaz; superviviente hasta la médula. Pero jamás he sido valiente.

Al darme cuenta de esto, siento que algo se me rompe por dentro. Si no soy capaz de armarme de valor, ¿qué ocurrirá? ¿Me atará mi cobardía a Dave por el resto de mis días? ¿Tendré que dejar que me toque?

Hace mucho tiempo pensaba que Dave era un amante decente. Es delicado, cuidadoso… Siempre que se tumba sobre mí, me mira a los ojos. Siempre que me acaricia los muslos —una forma educada de solicitar acceso—, me besa.

Robert nunca me ha pedido permiso para nada. Se aseguraba de hacerme saber que un simple «No» bastaba para que parara, pero, aparte de eso, iba al grano. Me gusta cómo me sujetaba los brazos. Me gusta cómo me paralizaba con la mirada, antes de exigir mi cuerpo, antes de penetrarme…

… Antes de amarme.

¿Se estará enamorando Robert de mí como yo me estoy enamorando de él?

Me detengo en medio de una calle vacía. El sudor se desliza por mi espina dorsal. He corrido varios kilómetros, pero no me siento cansada en absoluto. Mi cuerpo apenas es consciente del esfuerzo. Soy fuerte. Soy cobarde.

Pero también soy astuta. Lo que me ha abierto puertas en el pasado ha sido mi inteligencia.

Quizá pueda usarla para salir de esta jaula.

La luz del sol, cada vez más intensa, me fuerza a entrecerrar los ojos y hace que mi anillo de compromiso lance destellos que me recuerdan el fuego y la sangre. Es un bonito recordatorio del infierno en el que me encuentro. A regañadientes doy la espalda a la luz y regreso a mi prisión, pero en mi ritmo ya no hay desesperación, sino determinación.

Cuando irrumpo en la casa, Dave está despierto y me observa con sospecha.

—¿Dónde has estado?

Estiro la tela de mi ropa empapada para que la inspeccione.

—Corriendo, obviamente.

Mi impertinencia le provoca una arruga en la frente. Al parecer no me he ganado el derecho a mostrarle nada que no sea respeto.

—¿Te das cuenta de lo afortunada que eres?

Me paro a pensarlo.

—¿Afortunada?

—Te estoy dando una segunda oportunidad. Es más de lo que te mereces.

Es una amenaza estereotipada y estúpida, pero se cree que estoy demasiado asustada como para burlarme de su falta de elocuencia o advertir que no quiero esa «oportunidad». Lo único que quiero es su silencio.

Paso a su lado sin pronunciar palabra, pero a mitad de la escalera me detengo y me doy la vuelta.

—Tengo una pregunta.

—¿Sí?

—Viniste al puerto.

—Así es.

Bajo los escalones. Mantengo la mirada en el suelo con la esperanza de que la humildad baste para suscitar las respuestas que necesito.

—Necesito que sepas que no ocurrió nada en ese barco. Lo evité antes de que me llamaras. Fui al puerto para acabar con eso.

Sigue sin creerme. Como mis verdades tienen la misma entonación que mis engaños, lo rechaza todo.

—No ocurrió nada en ese yate —repito.

—¿Y antes?

Agacho aún más la cabeza y el pelo se me viene a la cara.

—He cometido errores…, pero eso se ha acabado, Dave. No dejaré que mis impulsos dominen mi vida.

Se ríe. No hay rastro de calidez en su risa.

—¿No pensarás que me voy a tragar esta patraña?

Me da la espalda. Así es mejor.

—No. Sé que tardarás tiempo en creer nada de lo que diga —admito, y lo digo de corazón.

La mezcla de culpabilidad, bellos recuerdos y una ira incontrolable hace que mis sentimientos hacia Dave sean confusos. Respiro hondo y doy un paso al frente, acercándome a su espalda lo suficiente como para que sienta cierta intimidad.

—Pero se han acabado las mentiras, ¿de acuerdo? —le prometo—. De ahora en adelante seremos sinceros el uno con el otro.

Se da media vuelta; vuelve a ser el depredador.

—En esta habitación no hay más que un embustero. Solo uno de nosotros se ha comportado como una zorra.

Me esfuerzo por empatizar con él, a pesar de que mi rabia va en aumento y se astilla como si tratara de perforarme el corazón.

—Sé lo furioso que estás… Sé que tengo… cosas por las que compensarte. Y sé que tenemos que hablar de lo ocurrido. ¿Puedes contarme có-

mo me encontraste ayer? Viniste al puerto depor-
tivo, volvimos en mi coche…, pero tu coche está
en el garaje.

Permanece en silencio; una sonrisa malicio-
sa se asoma a las comisuras de sus labios.

—¿Quién te llevó al puerto? —pregunto con
delicadeza—. ¿Quién más lo sabe?

Pasa a mi lado en dirección a la cocina, obli-
gándome a seguirle para obtener una respuesta.

—Es molesto, ¿verdad? —pregunta cogien-
do una taza.

—¿El qué?

—Que te mantengan en la oscuridad.

No respondo. Espero un momento mientras
se sirve una taza de café recién hecho; solo ha hecho café para una taza.

Me obligo a darme la vuelta y salir de la cocina. Averiguaré quién lo sabe. Encontraré la manera de salir de esta.

Pero mientras subo las escaleras para ir a du-
charme, me doy cuenta de que las preguntas se
acumulan en mi mente. Necesito una estrategia
sólida, necesito saber quién más lo sabe…

… Y necesito descubrir las intenciones de
Dave. Si me odia, ¿por qué quiere quedarse con-

migo? ¿Para mantener el control? ¿O por otra razón?

Entro en el baño, cierro la puerta y me quito la ropa esperando a que se caliente el agua de la ducha.

La puerta del baño se abre y, cuando me giro, veo a Dave observándome. Reculo y cojo una toalla para taparme.

—Eres mi prometida —afirma dando un paso al frente y arrebatándome la toalla. Su mirada se regodea sobre mi piel desnuda—. Y esta es mi casa.

Mantengo la cabeza erguida y me resisto al impulso de volver a taparme. Estiro los dedos y pongo las manos tiesas como tablas para evitar que formen un puño.

Dave no tarda en cansarse del juego, se da media vuelta y se dirige a la puerta.

—Además —añade sin darle importancia—, tampoco estoy viendo nada que no hayas enseñado a todo el que te lo ha pedido.

Me muerdo el labio mientras la puerta se cierra. Quizá sea capaz de encontrar valentía en el odio.

Capítulo
3

Al llegar a la oficina, Barbara, mi ayudante, está en su escritorio. Me indica con la mano que me acerque; la culpabilidad y la preocupación colorean su expresión.

—El señor Dade está en su despacho.

Nadie tiene permiso para entrar en mi despacho en mi ausencia. Todos los consultores de la empresa tenemos demasiada información confidencial archivada en las carpetas como para permitir tal descuido.

Pero es difícil resistirse a Robert cuando te dice lo que quiere, así que sé que básicamente ha forzado a Barbara a que le permita pasar.

Cojo una libreta de su mesa, garabateo una serie de tareas sin importancia y le comento que debe realizarlas de inmediato. Todas ellas exigen que abandone su puesto. Me quedo ahí hasta que se marcha, consciente de que acabo de ganarme al menos unos pocos minutos de intimidad. Una vez que se ha ido, entro para saludarle.

Robert Dade está apoyado en la parte frontal de mi mesa; tiene los brazos cruzados por delante del pecho y las piernas cruzadas a la altura de los tobillos. Está relajado, tranquilo, guapo. Todas las cualidades que esperaría de él. Su mirada se encuentra con la mía cuando avanzo hacia él y dejo que la puerta se cierre a mis espaldas.

Siento cómo una oleada de confesiones trata de salir entre mis dientes apretados. Quiero decirle que, cuando le miro, siento un deseo efervescente y que su presencia en este momento hace que las sombras de la vida me pesen menos.

Quiero pedirle que me toque.

Pero en lugar de eso, aparto la mirada.

—No ha solicitado hora para que nos reunamos.

—Estás trabajando para mí —señala Robert—. Mi empresa puede suponer ganancias millonarias para la tuya. ¿De verdad que necesito solicitar hora?

Pero no es una pregunta, sino una sutil advertencia.

Sin hacer ruido, echo el pestillo; es algo que no suelo hacer, pero en este momento cualquier interrupción puede resultar peligrosa.

—Entonces has tomado una decisión —comenta deambulando junto a las paredes amarillo pálido, en las que cuelgan las obras de arte que la empresa considera aceptables. En su deambular abarca todo los rincones de la estancia.

—Ya se lo he dicho. Estoy con Dave.

Me mira bruscamente, más movido por la curiosidad que por el enfado.

—Repite eso.

—Estoy con Dave.

—Estás pronunciando su nombre… de otra forma.

Me río; procuro que la risa parezca alegre, pero la pesadumbre que siento por dentro añade inevitablemente matices que hubiera preferido ocultar.

—Siempre se ha llamado Dave. Solo hay una forma de pronunciarlo.

—No me refiero a eso. Antes, cuando hablabas de él, parecías… convencida. Él era tu decisión. Ahora…

Deja la frase en el aire esperando a que yo rellene los huecos. Como no lo hago, se acerca a mí. No me muevo. Ni siquiera pestañeo cuando me aparta el pelo de la cara.

—¿Qué ocurre, Kasie? ¿Qué ha cambiado? Pareces... asustada.

—Ya sabes de qué tengo miedo —siseo—. No quiero perder quién soy. Dave me mantiene con los pies en la tierra. Tú... eres... —dudo. Quiero decirle que es el tsunami que convierte en mar la tierra firme, pero no logro articular palabra porque anhelo que el suelo sobre el que piso desaparezca y, como mi voz me delatará, en lugar de decirle eso, desvío la mirada—. No puedo hacer esto, Robert.

—No, eso son excusas —responde despacio, examinando mi expresión. Se inclina hacia mí; su boca está a pocos centímetros de mi oreja—. Cuéntamelo.

Aunque solo está tocándome el pelo, mi cuerpo entero reacciona. Siento que me entran los calores, que la respiración se me atraganta y que me palpita el cuerpo.

—Cuéntamelo —repite mientras cierro los ojos—. ¿Tienes miedo?

Le agarro de la camisa, cierro la mano en un puño y siento el consuelo de esas aguas, el poder silencioso que ostentan. Sus labios se alejan de mi oreja y siento la punta de su lengua deslizándose por mi cuello, catándome con una intención y una precisión delicadas.

Me acerco a él instintivamente, mientras su mano sube hasta mi pecho.

Le deseo. Deseo perderme en él. Mi puño se abre y mis dedos se acercan a los botones de su camisa despacio, como si lo hicieran en contra de su voluntad.

Su lengua ha vuelto a mi oreja y gimo cuando me empuja aún más cerca de él. Me sujeta del cabello con los dedos, lo que me impide moverme, mientras desciende con la otra mano más abajo de mis pechos, más abajo de mi vientre, más abajo... Siento cómo su mano se cuela entre mis muslos y presiona hacia el interior.

—Déjame entrar —susurra—. No solo aquí —añade más presión y un escalofrío de placer me recorre el cuerpo entero—. Eso me gusta —dice cuando me echo a temblar—, pero también quiero entrar aquí. —Me besa en la cabeza—. Cuéntame lo que estás pensando.

Finalmente, logro abrir los botones de su camisa y poso la mano sobre su piel desnuda. Su corazón late un poco más rápido de lo normal, como si me alentara a seguir adelante. Me giro hacia él y le miro a los ojos. Veo algo que no había notado antes. Algo detrás del deseo. ¿Es preocupación? ¿Necesidad?

¿Amor?

Su mano sigue entre mis piernas y me inclino hacia él para rozar mis labios contra los suyos; mantengo los ojos abiertos y Robert se convierte en una imagen borrosa de piel bronceada y negras pestañas. Comienza a mover los dedos y con cada roce consigue ir disipando mis miedos, mis preocupaciones y mi desconcierto hasta que lo único de lo que soy consciente es de su tacto.

Sin mediar palabra, retira la mano y la coloca en la cintura de mis pantalones. Siento cómo se aflojan cuando me desabrocha los botones. Entonces desliza los dedos bajo la tela de mis braguitas, que ya están húmedas para él. Cuando encuentra ese pequeño y codiciado punto, le clavo las uñas en el pecho.

—No hemos terminado. —Respondo con un gemido—. ¿Pensabas que sí? ¿Te crees que no veo cómo sonríes y cómo te estremeces ligeramente cuando me acerco? ¿No ves cómo eso me invita a continuar? ¿Crees que no oigo también esa invitación en el silencio que se produce cuando no logras pronunciar una protesta ensayada o el rechazo que aparece en el guion? Soy capaz de leer tu cuerpo con la facilidad con la que un ciego lee braille.

Eleva una mano, la mete bajo mi camisa y deja que sus dedos se deslicen por encima del sujetador hasta rozar mis pezones erectos.

—¿Se pusieron duros en cuanto me viste? —pregunta.

Me muerdo el labio temiendo que, si hablo, admitiré la verdad.

—¿Cuánto tardaste en mojar las braguitas? ¿Ocurrió en cuanto me puse a hablar? ¿Antes de que acabara la primera frase?

Cambio levemente de postura para volver a mirarle a los ojos.

Sí, ahí está esa emoción no identificada que desentona con sus palabras. Quizá sea necesidad, quizá sea amor.

Quiero decirle la verdadera razón por la que me fui del puerto, pero no me atrevo. Sé que nota que hay palabras silenciadas y que siente que oculto algo.

Mientras nos miramos fijamente a los ojos, me mete el dedo índice. Respondo clavándole aún más las uñas.

—¿Qué es lo que quieres? —pregunta Robert—. ¿De verdad quieres a Dave?

Apoyo la cabeza en su hombro, mientras su dedo continúa introduciéndose entre mis paredes, una y otra vez. Me estremezco cuando me besa el cuello.

—¿O quieres que te penetre, Kasie?

Asiento con la cabeza sin retirarla de su hombro.

—En tal caso, necesito que te corras ahora. —Sus dedos se vuelven más insistentes; la mano que tiene libre me atrae con brusquedad hacia él. Me sale de los labios algo parecido a un gemido—. Córrete para mí, Kasie. Ahora mismo, quiero verte.

Oigo a gente pasar por delante del vestíbulo de mi despacho. No me atrevo a emitir más sonidos. Tengo los pezones aplastados contra su torso, extiendo el brazo para agarrarle del pelo; ansío que me libere, pero me da miedo dejarme llevar.

—Dios mío —susurro.

—No es suficiente —insiste.

Aumenta la intensidad de las caricias y avanza hacia delante empujándome hasta que me empotra contra la pared; estoy acorralada.

—Nos va a oír alguien —susurro.

—Me da igual.

Desvío la mirada. Debería estar tan enfadada con él como lo estoy con Dave, pero no puedo pensar. Lo único que puedo hacer es reaccionar; y estoy reaccionando a algo tan… excepcional.

Mete la mano en el pequeño hueco que hay entre la pared y mi espalda, y la desliza hacia abajo hasta agarrarme del trasero para acercarme a él aún más de lo que ya estoy. Introduce otro dedo. Se me escapa otro gemido. Excitada, veo cómo sus ojos me recorren el cuerpo con exigencia; los de Dave me raspaban cual lija, los de Robert me penetran, se cuelan en mi interior y avivan las llamas que me consumen por dentro.

Hacen que el fuego tenga más brillo, más fuerza.

—¡Dios mío! —Otra exclamación que se me escapa.

Me tapo la boca de inmediato, pero Robert, que ha vuelto a dirigir su mirada a mis ojos, me aparta la mano y me sujeta del brazo.

—Intenta mentirme ahora, Kasie. Intenta decirme que a quien deseas es a él, no a mí.

Trato de desviar la mirada, pero no logro hacerlo. Siento su erección, dura y potente, contra mi vientre. Me muerdo el labio con tanta fuerza que me hago sangrar, pero ni siquiera eso basta para callarme cuando comienza a acariciarme el clítoris con el pulgar.

Me empuja hasta el límite. Suelto otro grito; este un poco más alto. No me importa si nos oyen. Ya no puede importarme. De lo único de lo que soy consciente es de Robert y de mí.

Le agarro de la camisa abierta.

—Te deseo. Hazme el amor, Robert.

—Sí. —Su voz es un gruñido de auténtico deseo—. Pero tienes que dejarle. Quiero hacerte el amor sabiendo que eres mía.

Cierro los ojos. Mi errática respiración me dificulta el habla.

—Hazme el amor. Por favor.

—Prométeme que le dejarás.

Sus manos siguen tocándome, pero el fervor ha dado paso a la delicadeza; de este modo me mantiene envuelta en pasión sin permitirme que alcance el orgasmo.

—Yo… no puedo.

Y entonces me suelta. En un abrir y cerrar de ojos está en la otra punta de la habitación. Yo me quedo contra la pared, tratando de recuperar el aliento.

Extiendo el brazo hacia él de forma instintiva, pero ya está fuera de mi alcance.

En todos los sentidos.

—Pensé que no querías seguir con las traiciones —comenta con calma.

Tengo los pantalones desabrochados; el pelo, suelto y despeinado. Procuro darle forma a mis pensamientos, pero el repentino cambio de contexto hace que la habitación dé vueltas a mi alrededor.

—Robert, no lo entiendes…

—Entiendo lo suficiente —me interrumpe con brusquedad—. Entiendo lo que tengo y lo que no.

—¡No es tan sencillo!

—Siempre ha sido así de sencillo.

Sigo tratando de recuperar el aliento, mientras se abrocha la camisa.

Mi mundo está del revés. Nada va como debería ir.

Poco a poco, con el paso de varios silenciosos minutos, mi respiración vuelve a la normalidad. Me aliso la ropa, dirijo la mirada a las ventanas y observo el cielo gris.

—Sois los dos unos abusones —afirmo con calma.

Robert se gira.

—¿Disculpa?

—Te crees que sabes lo que le conviene a todo el mundo en todo momento. Me dices que debería ser más independiente y después te enfadas porque no tomo las decisiones que tú quieres que tome.

—Nunca he abusado de ti —puntualiza—. Jamás te levantaría la mano. Ni se me pasaría por la cabeza hacer algo así.

Me encojo de hombros. Una melancolía repentina me hace sentir exhausta.

—Hay abusones que usan los puños, otros, el chantaje y otros, la intimidación verbal. También los hay que usan el placer. Sabes cómo hacerme... sentir cosas y lo empleas para controlarme..., pero no lo consigues, ¿verdad? Puedes hacer que te llame a voces, pero no logras que salte a tu encuentro cuando eres tú el que me llama.

La expresión de Robert se endurece.

—¿Eso es lo que piensas de mí?

—Eso es lo que pienso de los hombres.

Me analiza.

—Ayer, después de marcharte del yate, fantaseaste conmigo.

No respondo, pero me sonrojo.

—Te conozco, Kasie —suspira—. Sé que hasta cuando estoy lejos de ti, estoy dentro de ti. Puedo tocarte con solo pensar en ti.

—Pues tócame —susurro—. Tócame con tus pensamientos, tus ojos, tus manos y tu boca; y deja que te toque. —Me acerco a él. Quiero ser fuerte, pero siento un anhelo al que no logro poner riendas—. No puedo ser tuya, ahora mismo no, no del modo que tú quieres. La situación es complicada. Pero te deseo, Robert. —Le miro la entrepierna y veo que sigue empalmado. Le cojo la mano y le lamo el pulgar—. ¿Lo ves? Entre nosotros todo puede ser sencillo.

Sonríe, casi con ironía, y da un paso hacia mí.

—Solo Dios sabe lo mucho que te deseo. Ansío que grites tan alto mi nombre que te oigan desde el condado de Orange. Pero... —Al decir esta palabra, separa su mano de la mía y me levanta la barbilla aguantándome la mirada—. Será de acuerdo con nuestras condiciones. No las tuyas y, menos aún, las suyas.

—¿Es una venganza? —le pregunto—. Como me marché de tu barco, ¿ahora te vas tú de mi despacho?

Niega con la cabeza. Noto que se ha percatado de lo agotada que estoy y que ese cansancio se le está contagiando.

—Sabes de sobra que nunca me iría de tu lado. Eres tú la que me está echando.

Se pasa las manos por la camisa para alisar las arrugas recién creadas. Y se da la vuelta para marcharse.

—Mi equipo de ingenieros está desarrollando un producto nuevo. Sistemas de seguridad más intuitivos. El departamento de *marketing* confía en su potencial. Te enviaré la información.

Aprieto los dientes. La única persona del mundo capaz de pasar con tanta facilidad de la pasión a los negocios es Robert. Ocupan el mismo hueco en su corazón. Son los preliminares y los abrazos. Normalmente, yo también lo veo así, pero esta vez no. No cuando cada estadística y cada beso suponen un reto.

—Tu equipo tendrá que reconsiderar ciertos aspectos teniendo en cuenta estos cambios. Te doy otra semana —comenta—. Con ese tiempo debería bastarte para decidir cómo quieres lidiar con esta situación. ¿Le mando un e-mail al otro encargado para informarle del cambio?

—No —murmullo—. Ya aviso yo al señor Love.

—Muy bien. —Vuelve a plancharse la solapa con la mano—. Después de esa reunión, nuestros negocios se darán por terminados o no; todo dependerá de las decisiones que estimes oportunas.

Aunque mantiene una postura relajada y un tono profesional, no se me escapa el doble sentido.

—Por cierto, Kasie. Que sepas que... —Coge el pomo de la puerta, pero no la abre. Vuelve a mirarme a los ojos—. Yo también fantaseé anoche contigo.

Capítulo
4

Permanezco de pie en mi despacho vacío. Frustrada e insatisfecha, me pregunto si debería habérselo contado. Y si lo hubiera hecho, ¿me habría rescatado?

Se me escapa una carcajada amarga. Esto no es un cuento de hadas. Robert no puede aparecer en un corcel blanco y sellar para siempre los labios de Dave. Bordeo la mesa y me dejo caer en la silla. El silencio se burla de mí recordándome que no puedo ni pegar un grito. Sería demasiado arriesgado.

Cojo mi agenda y la hojeo. Siempre se me ha dado bien planificar. Sigo pensando que, con el tiempo necesario, encontraré la forma de vencer a Dave. Puedo salir de esta, pero no puedo arriesgarme a que Robert se enfrente a él; eso le daría a Dave más munición para sus argumentos. Me enteraré de por qué Dave trata de aferrarse a mí y de cómo descubrió mis secretos…

…Y entonces descubriré los suyos.

Descubriré sus secretos y le amordazaré con ellos. Con las mentiras que encuentre tejeré una soga para atarle de pies y manos. Le haré sentirse tan sumamente indefenso como se piensa que estoy yo ahora.

«Tú le traicionaste primero».

Es la voz del ángel posado en mi hombro. Últimamente siente que la ignoro. ¿Y de qué me serviría volver a escucharla? Quiere que me quede donde estoy y que todo vuelva a un estado de éxtasis. Mi diabla es más resolutiva.

Por ejemplo, ahora mismo mi diabla me recuerda que tengo que averiguar cómo llegó Dave al puerto.

En coche no fue y es totalmente imposible que Dave use el transporte público. Ayer me dijo que tenía una reunión a primerísima hora. ¿Y si no fue así? ¿Y si esperó en otro coche aparcado discretamente en la calle para seguirme?

¿En un taxi? No, eso es poco probable. Los Ángeles no es Nueva York, donde los taxis amarillos abarrotan las calles de la ciudad como los salmones en un río. En L. A. los taxis llaman la atención sean del color que sean. Si hubiera habido uno aparcado en mi calle, me hubiera dado cuenta al salir de casa.

Así que alguien tuvo que llevarle. ¿Uno de sus colegas del trabajo? ¿Un amigo? No, Dave no hubiera permitido semejante humillación delante de alguien cuya opinión le importara. ¿Un detective privado? ¿Se habría atrevido Dave a contratar a un profesional para seguirme?

Vuelvo a mirar mi agenda. Tengo una reunión con mi equipo en cuarenta y cinco minutos. Leo perezosamente los nombres de las personas involucradas en el proyecto: Taci, Dameon, Nina, Asha…

Asha.

Suena el interfono y la voz de Barbara sale por los altavoces para informarme de que ya ha realizado la lista de tareas irrelevantes que le endosé esta mañana.

—Entra en mi despacho, por favor —le pido.

Me reclino en la silla mientras la puerta se abre y Barbara se acerca a mi mesa con indecisión.

Lleva siendo mi ayudante desde que entré en la empresa. Antes de eso, había sido la ayudante de un hombre que había trabajado aquí como consultor durante diez años. Dice que le gusta su apacible puesto dentro del mundo corporativo, que así puede reservar energía para su marido y sus hijos. Un día la oí hablar apasionadamente sobre las alegrías que le dan el tiempo libre y una vida familiar plena. No comparto su entusiasmo, pues es precisamente en el desbarajuste que supone mi desorganizado tiempo libre donde meto la pata y me concedo sin pensar caprichos que volverán a mí para atormentarme. Además, quiero a mis padres, pero lo único de lo que ha estado plena mi vida familiar ha sido de tragedia y de negación. El enfoque con el que Barbara ve el mundo es tan distinto del mío como el de una tribu de la selva brasileña. Sin embargo, aunque no sea capaz de comunicarme con ella, valoro sus aptitudes, y una de ellas es la capacidad de observación.

—¿Ayer vino Asha a trabajar?

—Sí —responde Barbara asintiendo con rotundidad.

Ah, sí que vino. Entonces no pudo llevar a Dave. Suspiro y poso la barbilla en la mano.

—Bien, me reuniré con mi equipo aquí a en punto. No me pases llamadas hasta que terminemos.

Barbara vuelve a asentir con la cabeza y empieza a dar media vuelta, pero se detiene.

—¿Es relevante que Asha llegara tarde?

Levanto la cabeza.

—¿Disculpa?

—No vino a primera hora. Al parecer tenía algo que hacer, pero llegó antes de las doce y creo que se quedó hasta tarde.

—Las doce —repito.

—¿Es importante?

Tan importante como la hora a la que Judas se marchó de la Última Cena.

Me reclino en la silla y valoro la probabilidad de la duplicidad.

—Hace dos días, Dave llamó a la oficina porque estaba planeando una fiesta sorpresa...

—Oh, ¿salió todo bien? —pregunta Barbara esperanzada—. Me llamó por teléfono, pero no sabía a quién recomendarle que invitara porque siempre intentas mantener tu vida profesional separada de la privada.

La última frase me hace estremecer.

—¿Por qué le dijiste que invitara a Asha? —pregunto.

Barbara me dedica una mirada de curiosidad.

—Yo no le dije eso. Asha se acercó a mi mesa cuando colgué. Me había enviado un informe que quería que imprimiese y dejase sobre tu mesa a la mañana siguiente. Me preguntó con quién había estado hablando y se lo dije. Eso fue todo.

—¿Eso fue todo? ¿No habló con él? ¿No la invitó a la fiesta?

—Que yo sepa, no... —La voz de Barbara se debilita. Un continuo pestañeo delata su estado de nerviosismo—. Yo le dije lo de la fiesta... Y le comenté que era sorpresa. ¿No desveló el secreto antes de tiempo, verdad? Supongo que no debería haberle contado nada, pero es que me pareció tan romántico... y, además, según tengo entendido, Ma Poulette es un restaurante fabuloso. Necesitaba contárselo a alguien. ¿Cometí un error? En tal caso, lo siento muchísimo. No era mi intención...

Levanto la mano para detenerla.

—Barbara, no has hecho nada por lo que tengas de disculparte.

Y empiezo a sospechar que lo que ha hecho Asha es tan extremo que ni todas las disculpas del mundo servirían absolutamente para nada.

—Dile a Asha que necesito verla.

—¿Antes de la reunión?

—Ahora.

Pocos minutos después, Asha entra en mi despacho con su elegancia y soberbia habituales.

Esperaba que la llamara; la expectación la delata.

Me pongo de pie y señalo una silla con la mano. Se sienta con cuidado, mientras analiza el despacho en busca de algo que no parece encontrar.

—¿Te has enterado de que me marcho? —le pregunto.

Su boca se contrae; ese gesto disimulado me revela la sonrisa que trata de reprimir.

—No me han dicho nada. ¿Te marchas?

Me siento y entrelazo los dedos.

—¿No te lo ha contado Dave?

Ah, ahí está, un atisbo de preocupación.

—¿Dave…? ¿Tu prometido? ¿Por qué iba a contarme nada? Apenas le conozco.

—Bueno, le conoces lo bastante como para que te invite a nuestra fiesta de compromiso.

Se encoge de hombros, aburrida.

—Fui porque llamó a la oficina para saber si debería invitar a alguien. Le dije que debería invitarme a mí. Esa fue la primera vez que hablé con él. —Se inclina hacia delante. Sus ojos oscuros son dos pozos de misterio y cinismo—. ¿Te vas a marchar, Kasie?

—Llamó a la oficina —digo negándome a permitirle que lleve las riendas de la conversación—. ¿Te llamó a ti en concreto?

—No, llamó a tu ayudante —responde con una exasperación evidente—. ¿Qué más da? ¿Te han pedido que te vayas o no?

Sonrío. Asha ha perdido sus habilidades. Hoy la impaciencia derrota a la malicia.

—No he dicho en ningún momento que me hayan invitado a marcharme. ¿Cómo diablos has llegado a esa conclusión?

Vacila. Ha sido un error estúpido. No es propio de ella. La observo mientras ordena sus pensamientos, relaja la mente y se pone derecha.

—Tú no te irías por tu propio pie —comenta sin más—. Si te marchas, es porque te lo han pedido.

—Se me da bien mi trabajo, Asha. Hasta tú me reconociste eso la otra noche. Entonces, te vuelvo a preguntar: ¿por qué me iban a invitar a marcharme?

Vuelve a encogerse de hombros, pero esta vez es un gesto estudiado. Está pensando; quizá se esté preguntando cuánto puede recular sin correr el riesgo de que la empotre de un guantazo contra la pared de ladrillo.

—Las relaciones de poder en una empresa son complicadas. —Es la frase por la que se decanta—. En ocasiones gente…, trabajadores competentes tienen que dejar sus puestos porque no encajan dentro de la estructura como se había esperado en un principio. Pero tan solo son especulaciones, Kasie. Eres tú la que has dado a entender que te ibas.

—¿Yo lo he dado a entender? —pregunto con un tono sarcástico tan leve que casi resulta alegre—. Por cierto, si no me equivoco, te acabo de hacer una pregunta —le espeto con una sonrisa—. Soy una trabajadora más que competente, no perdamos el tiempo discutiendo sobre algo que las dos sabemos. De hecho…, ahora que me paro a pensarlo, hay muchas cosas que sabemos las dos, ¿verdad?

—No te sigo.

—A ver.

Vuelvo a ponerme de pie.

Siento una rabia intensa, pero me gusta. Me gusta la capacidad que tengo de darle forma y convertirla en una herramienta de tortura. Es una tortura lenta, delicada y femenina… Requiere habilidad. Me imagino sujetando un discreto y elegante bisturí, y acariciando con él la garganta de Asha.

—Las dos sabemos que no deberías haber acudido a esa fiesta, a no ser que vinieras con alguien, claro. Te vi charlando con el señor Freeland. ¿Era tu acompañante? ¿Fue él quien te invitó a la fiesta?

—¿Me estás preguntando si le ofrecí a Freeland mi afecto a cambio de que me invitara a una fiesta? No —asegura, y ahora le toca a ella sonreír—. Yo no mezclo el sexo con los negocios. ¿Y tú, Kasie?

Me quedo paralizada. No esperaba tanta osadía, ni siquiera de ella.

—¿Me estás preguntando si me prostituyo?

Asha se echa a reír. Me sorprende lo atractivo que me resulta ese sonido, es una carcajada tan elegante que casi me resulta seductora.

—No seas tonta —dice—. Eres una mujer respetable. Llevas una alianza bastante cara para demostrarlo.

Miro el anillo. Me aprieta.

—Además —prosigue—, las prostitutas se acuestan con hombres a cambio de dinero. Tú no. Aunque después de que empezaras a salir con Dave, conseguiste un puesto bastante lucrativo...

—Él me consiguió una entrevista. Fui yo quien consiguió el trabajo.

—Y después nos conseguiste una cuenta muy lucrativa, ¿no crees? —me pregunta con dulzura. Su tono acaramelado es como la cucharada de sirope que se les da a los niños enfermos para que no noten la amargura de la pastilla que tienen que tomar—. Y eso lo conseguiste tú solita; sin ayuda de Dave. El señor Dade te entregó esa cuenta sin más.

No respondo. Espero a ver hasta dónde es capaz de presionarme.

¿Me odiará tanto como para no cortarse un pelo? ¿Me habrá estado espiando incluso antes del día del barco? ¿O todo esto no serán más que suposiciones y especulaciones?

—¿Qué le dijiste a Tom Love? —pregunta—. ¿Que conociste al señor Dade cuando volvías a casa, en la cola del control de seguridad del aeropuerto?

—Sí —respondo.

Tengo la espalda contra la pared y me observa desde la silla en la que yo le he dicho que se siente. Estamos en mi despacho. La que juega con ventaja soy yo, pero este es un partido reñido.

—Es curioso. Yo nunca he entablado conversación con un desconocido en una cola de esas. Todo el mundo está tan ocupado sacándose las llaves de los bolsillos, quitándose el reloj... No es un lugar que suela dar pie a conversaciones, ¿no te parece?

—En toda regla hay excepciones.

—Es cierto —admite Asha asintiendo con la cabeza—. Y en todo crimen hay un criminal. Cuando el señor Dade llamó a Tom y le dijo que quería que la consultora Kasie Fitzgerald liderara un equipo que le ayudara a preparar su empresa para la venta al público, no le contó la misma historia. Dijo que os habíais conocido en una mesa de blackjack.

Levanto la barbilla como si ese gesto sirviera para aumentar mi tamaño. Necesito estar por encima de todo esto, pero no lo logro, pues sus palabras me hieren como dardos envenenados. Tom nunca me dijo que mi versión contradijera la verdadera historia, que al parecer descubrió a través de Robert.

¿Qué más le habrá contado Robert? ¿Que acabamos en su habitación? No, él no compartiría esos secretos. Por un instante, la mente me traiciona y me hace rememorar aquella noche, evocar lo que sentí cuando el hombre que entonces conocía solo como señor Dade cogió el hielo empapado en whisky y, tras rozar con él mi clítoris, lamió el licor de mi piel. Imágenes de sus manos en mis caderas; de su cabeza sobre mi regazo, mientras yo me agarraba al respaldo de la silla con la falda subida hasta la cintura… Era la primera vez que hacía algo así.

Y ahora estoy pagando por ello.

Podría intentar convencer a Asha de que el mentiroso es Robert. Podría decirle que se ha inventado una historia de cómo nos conocimos para insinuar cosas que nunca ocurrieron, tal y como hacen algunos hombres.

Pero no puedo hacerlo. No puedo cargar mi deshonra sobre sus hombros. Sin embargo, tampoco puedo permitirme pagar el precio de la verdad.

—Pensé que no era necesario contarle a mi jefe que a veces echo un rato en el casino —digo esperando que la excusa no le suene tan falsa como a mí—. Hay gente a la que no le parece bien.

—A Tom Love todo lo que sea negocio le parece bien. Y no cabe la menor duda de que tu paseo por Las Vegas ha sido un gran negocio.

—Asha, ¿dónde estuviste ayer por la mañana?

—En un coche —responde reclinándose en la silla—. Con tu prometido.

Y entonces me doy cuenta de que me he equivocado completamente en la estrategia. He dado por hecho que a Asha no le gustaría que la tachara de entrometida ni que pensara que tiene tantas ganas de perjudicarme como para perseguirme a la desesperada en busca de miguitas de pan, de pistas que le guíen hasta pecados más graves. Pero a la única persona de este despacho a la que le importa lo que la gente piense soy yo. Yo soy la única que trato de ocultar mis defectos con capas de hielo. A Asha lo único que le importa es el poder.

Y precisamente esa actitud es lo que le otorga todo el poder del mundo. Sus labios dibujan una sonrisa perversa.

—¿Piensas que me lo he tirado? Me refiero a Dave. ¿Te molestaría? ¿O te alegraría saber que estáis empatados?

Se levanta para aproximarse a mí. Está cerca, muy cerca.

—Jamás me tiraría a Dave —ronronea—. Pero a ti sí que te follaría. Dime, Kasie, ¿alguna vez te ha tocado una mujer?

Estira el brazo y me roza el pecho con la mano.

Me retiro de un salto, estupefacta y completamente desconcertada. Cuando le dije a Barbara que convocara a Asha a mi despacho, tenía un plan. Había colocado una trampa para cazar a un lobo, pero no me había dado cuenta de que el depredador al que me enfrentaba era en realidad una víbora.

—No soy lesbiana. No exactamente —explica Asha, respondiendo a una pregunta que nadie ha formulado—. Lo que me atrae es la autoridad, el prestigio…, el derecho a ciertos privilegios. Me gusta apartarlo del mismo modo que uno se quita la ropa que no necesita. Me encantaría tenerte atada a una cama y comprobar cómo tu cuerpo reacciona a mi tacto, en lugar de a las limitaciones que tú le impones. Me encantaría verte en un estado de vulnerabilidad absoluta, despojada por completo de control. Aunque, en realidad, ahora mismo estás totalmente vulnerable, ¿no? Y si hay alguien en este despacho que tenga el control, esa soy yo.

¿Intenta cometer un suicidio profesional? ¡Yo soy su superior! Si le contara a Recursos Humanos lo que me está diciendo…

Se me encienden las mejillas cuando descubro la verdad que ella ya conoce. Sonríe con dulzura, casi compadeciéndose de mí.

—Esta conversación no se la vas a contar a nadie, Kasie. No puedes. A una de las dos le importa su reputación personal y para destruirla no tengo más que abrir la boca. —Apoya el hombro contra la pared que está a mi lado; muy cerca de mí, pero sin tocarme—. Apuesto a que con el señor Dade sí fuiste vulnerable. Ese hombre podría hacer suplicar a cualquier mujer; estoy convencida de que es capaz de hacer que le supliques. Y apuesto a que tiene una buena tranca. Los tíos con las manos grandes y rudas como él siempre están muy bien dotados. Apuesto a que te deja el coño hecho polvo durante días.

—Fuera de mi despacho.

—Pero fuiste tú la que me dijiste que viniera, ¿no es así, Kasie? —pregunta—. Me hiciste venir para jugar conmigo y para averiguar lo que sé. Pues… —Se me acerca aún más. Giro la cara, pero la oigo susurrar con una seducción perversa que me provoca escalofríos—. Lo que has averiguado es que lo sé todo y que ahora a la que le toca jugar es a mí.

Se separa de la pared y se dirige hacia la puerta.

—¡No tengo tanto que perder como te crees! —grito antes de que se vaya—. Si, como insinúas, Tom ya está al corriente de lo que he hecho, entonces hace tiempo que lo sabe y aun así he conservado mi puesto, por lo tanto, hoy no ha cambiado nada.

—Ya, pero Tom está a favor de la corrupción siempre y cuando le sirva para alcanzar sus propósitos. Sin embargo, hasta él es consciente de que si esto llegara a oídos de Dylan Freeland, uno de los fundadores de la empresa…, el padrino del capullo de tu prometido, este despacho sería mío.

—¿Entonces por qué me lo cuentas a mí? —le pregunto—. ¿Por qué no se lo cuentas a todo el mundo?

Se encoge de hombros.

—Porque me lo estoy pasando bien. Además, si Dave aún no lo ha sacado a la luz es porque te está dando otra oportunidad y, por tanto, apoyará todas las patrañas que sueltes por ahí. Será su palabra, la tuya y la de Robert contra la mía. No tendría ninguna posibilidad. Pero si vuelves a meter la pata y Dave se entera… —Me señala agitando el dedo índice—. Ahí es cuando me lo voy a pasar de lo lindo.

Vuelve a sonreír, a sabiendas de que todo lo que ha dicho es claro como el agua y a la vez totalmente ambiguo. Entonces vuelve a encogerse de hombros y exclama:

—¡Nos vemos en la reunión!

Me quedo mirando cómo se marcha y, después, con la espalda apoyada contra la pared, me dejo caer al suelo y, con las rodillas contra el pecho, entierro el rostro entre las manos.

Capítulo
5

No sé cómo he sobrevivido a esa reunión. Todos los comentarios y preguntas de Asha han sido pertinentes y apropiados. Ella ha mantenido la compostura a la perfección; yo no tanto: he tirado una botella de agua sobre mis carpetas, me he trabado al hablar, he tenido que pedirle dos veces a Taci que repitiera su propuesta para el reposicionamiento internacional de Maned Wolf.

El problema no ha sido que Asha lo supiera. El problema ha sido que Asha no miente. Ella valora como un tesoro la crueldad que puede implicar la sinceridad absoluta. Ha usado la verdad como un arma, del mismo modo que yo he usado las mentiras a modo de escudo. Lo que significaba que si en algún momento le hacían a Asha la pregunta equivocada...

Todavía ahora, sentada en mi despacho y rodeada exclusivamente de un montón de papeles,
la idea me provoca escalofríos. ¿Desde cuándo
soy la mosca en la tela de araña? No, eso no es
así, porque la mosca es inocente, y yo no.

La mayoría de mis compañeros ya se han ido
a casa. Barbara se fue hace siglos, pero yo sigo
aquí, como de costumbre. Durante un tiempo me
sentía en este despacho como en un santuario y
espero que la soledad me permita encontrar el
modo de recuperar esa sensación.

La luz del día se desvanece en un atardecer
de niebla y humo. En el cielo se combinan vivos
rosas y lavandas. Es lo que pasa con el *smog:* es
tóxico y, según la Sociedad Americana contra el
Cáncer, puede ser letal, pero cuando se observa
en el marco adecuado y en el momento apropiado, logra que todo parezca hermoso y que te ol-
vides de lo nocivo que es. Te quedas embelesada
contemplando esos colores desde que el sol se
eleva hasta que se esconde, y te olvidas de que
justo lo que está embelleciendo la luz natural, justo lo que hace que todo parezca tan sumamente
hermoso, es lo que te está matando poco a poco.
Al final, el sol se eleva un poco más y entonces

ves la fealdad, pero a esas alturas ya es demasiado tarde. Llevas horas metiéndotelo en los pulmones. Te ha atrapado. Está dentro de ti. Ya no tiene remedio.

Me pregunto si mi aventura con Robert Dade ha sido algo así. Intensa, brillante y hermosa…, pero ahora me está matando. He perdido el control, y durante toda la vida el control ha sido para mí como oxígeno.

Me quedo mirando los colores fijamente, deseando que no desaparezcan. ¿Y si no hubiera conocido a Dave? ¿Y si hubiera conseguido el trabajo que tanto me gusta por mis propios medios? ¿Y si, cuando conocí a Robert en Las Vegas, hubiera estado libre? ¿Qué habría pasado entonces? ¿Habríamos salido como una pareja normal? No, nada de lo que rodea a Robert Dade es normal, pero, aun así, nos habríamos hecho pareja. Estoy convencida. Habríamos viajado juntos: habríamos trepado las pirámides mayas; habríamos hecho el amor en el lujoso hotel Le Meurice con los jardines de las Tullerías bajo nuestra ventana…

No, esas ideas son demasiado convencionales. Podríamos ir a Niza, al museo de Marc Chagall, y alquilar el auditorio para una actuación privada. No es una petición a la que suela acceder este *musée,* pero *monsieur* Dade lograría convencerlos.

Una pequeña orquesta nos espera en el escenario mientras entramos a la sala, bañada por la luz azul que irradian las vidrieras. Un músico espera preparado para tocar ante un piano de media cola, que pasaría desapercibido si no tuviera la tapa abierta para mostrar una pintura de unos amantes en un paisaje azul grisáceo. Les rodean unos aldeanos, un cuarteto del tamaño de la pareja. No aspiran a alcanzar la imponencia de los amantes, pero parecen regocijarse en el calor que emanan.

Pasando entre las filas de asientos vacíos, Robert me guía hasta la parte delantera de la sala, a pocos centímetros del escenario. Se aleja de mí lo justo para extender la mano con la palma hacia arriba en mi dirección, y reitera con palabras esta invitación universal al preguntarme: «¿Bailas?».

Cuando le tomo de la mano, la orquesta comienza a tocar y empezamos a bailar. El sonido del bajo es tan grave que noto cómo las vibraciones me hacen temblar la piel. Robert marca el paso de un baile que parece un vals, pero que no lo es exactamente; difiere lo suficiente como para ser un baile exclusivamente nuestro. Mientras me invita a dar vueltas por la sala, dejo caer hacia atrás la cabeza y suelto una carcajada, rodeada de la luz azul y de los brazos de *monsieur* Dade.

Entonces se detiene, ahí, en mitad de la sala y, esbozando con lentitud una sonrisa, me dice que soy hermosa. Me pongo de puntillas para besarle; al principio apenas le rozo los labios, pero me coloca la mano detrás de la cabeza para acercarme aún más a él.

La música se anima tanto como mi pulso, y comenzamos de nuevo a bailar. Pero esta vez es diferente. Nuestras camisas caen al suelo cuando la sonata termina dando paso a otra melodía más rítmica. A continuación, caen otras prendas —su cinturón, mi falda, todo—, hasta que nos quedamos bailando desnudos por toda la sala. Una paloma roja parece descender de una vidriera azul hacia nosotros cuando mete la lengua entre mis labios. La música me traspasa el cuerpo entero mientras danzamos. Siento cómo se empalma al rozar mi cuerpo. Los músicos parecen no percatarse de nuestra presencia; ese no es su rol en este sueño, lo único que se espera de ellos es que nos ofrezcan a Robert y a mí una banda sonora para nuestra pasión. Y mientras me tumba sobre el suelo, mientras ruedo para ponerme encima de él, mientras me siento a horcajadas sobre sus caderas y noto cómo empuja hacia mi interior, soy consciente de que, en los aspectos que realmente importan, tan solo estamos nosotros dos. Le monto despacio, moviéndome al ritmo que marca la orquesta.

Los músicos tienen el escenario. Nosotros nos tenemos el uno al otro.

Las manos de Robert se deslizan hasta mi cintura para guiarme, para moverme de modo que pueda sentir dentro de mí lo largo que es. Cuando Robert se incorpora para sentarse, recuerdos de la juventud de Chagall en forma de pinturas parecen caer del cielo. Yo también me incorporo y me siento en su regazo sin que él salga de mí. Pasa un momento sin que nos movamos; nos tomamos un minuto para disfrutar de esta conexión; nos conectan nuestros cuerpos, nuestros ojos y una emoción mucho mayor que cualquiera de los dos.

Y entonces el baile vuelve a comenzar. Jadeo mientras sus caderas embisten a las mías y me abre de par en par hasta que siento que no se trata solo de él, que la música también me ha penetrado, que recorre todo mi cuerpo y resuena en todas mis terminaciones nerviosas para volverme loca de deseo.

Con un movimiento decisivo me da la vuelta y me aferro a él, mientras comienza a sacarla con el único objetivo de volver a meterla dando una embestida enérgica que acompaña de un dulce beso. «Te quiero», me dice, y yo respondo repitiendo la frase.

Coloca mi pierna sobre su hombro y susurra: «Sígueme el ritmo».

Dicho esto, vuelve a embestirme y mi mundo entero queda inundado por el éxtasis. La música, el arte, el hombre que hace que mi corazón se acelere... me arrastran al borde del nirvana y, mientras los amantes de Chagall dan vueltas en su luz azul, me corro dando un grito que resuena en toda la sala.

Su sudor se ha mezclado con el mío, el aroma a sexo lo impregna todo...

...Y no hemos terminado.

Me tumba boca abajo y vuelve a penetrarme. Veo en el suelo reflejos azules fragmentados, un frío contraste con el rojo que abrasa mi interior.

Mientras me sigue embistiendo para llegar más adentro, sus manos me recorren toda la espalda con una presión sutil que me hace ir *in crescendo*. En el momento en que me corro, oigo que él también grita.

Alcanzamos el clímax a la vez, bajo la luz azulada del auditorio del museo Chagall y envueltos por la música.

Mi nombre está en sus labios y le oigo pronunciarlo cuando apoya la cabeza entre mis omoplatos. «Te quiero», repite mientras los músicos comienzan a tocar una canción más sosegada.

Y en ese momento perfecto sé que es cierto.

Tan cierto como que el atardecer que contemplo ahora es precioso.

Pero se desvanece, igual que mi fantasía. La oscuridad acecha.

La puerta de mi despacho se abre. No necesito girarme para saber quién es. Lo sé porque siento el peso de la alianza en el dedo.

—Se acabó la jornada —comenta Dave con un tono marcado por su recién adquirida crueldad—. Coge tus cosas. Tengo planes para nosotros.

Capítulo
6

No hablamos mucho en lo que duró el típico atasco que suele embotar a última hora la 405. Dave mantiene la mirada en la carretera y las manos en el volante. El olor a puro impregnado en su ropa me dice que ha pasado por el club masculino antes de venir a buscarme; se habrá sentado en una butaca de cuero, se habrá reído con algún chiste verde que le haya contado algún agente de bolsa y se habrá regodeado al sentirse parte de la élite. No obstante, fueran cuales fueran las interacciones que desencadenaran esa alegría, se desvaneció por completo en cuanto se acercó a mí.

Me entran ganas de decirle que, si le causo tal aversión, debería dejarme marchar y ahorrarnos a los dos el mal trago, pero sé que para él las cosas no son tan sencillas. El orgullo juega un papel importante y puede que también, en palabras de Asha, el derecho a ciertos privilegios. Y hay mucho más: hay emociones e intereses que aún no logro descifrar, pero esta noche estoy demasiado cansada para meter la nariz en semejante mejunje. Apoyo la cabeza en la ventanilla del copiloto preguntándome cuánto rato aguantaré este silencio.

—Hoy he hablado con tus padres.

Siento la toxicidad del *smog* en los pulmones.

Me esfuerzo por que mi cerebro se concentre en examinar los hechos y no ceda ante el pánico que trata de abrirse paso en mi mente. Dave no es como Asha. Él sí puede mentir. Podría estar mintiéndome ahora mismo. Tiene razones de sobra para querer ponerme nerviosa.

—Les has llamado —entono las palabras como una afirmación más que como una pregunta.

Si me equivoco, se sonreirá y, sin saberlo, me dará una pista sobre lo que está ocurriendo en realidad. Si acierto, creerá que le conozco mejor de lo que le conozco.

Porque no le conozco en absoluto. El hombre que está a mi lado no llega a ser ni una estatua de hielo del cálido ser humano que solía abrazarme por las noches.

Dave no sonríe, asiente con la cabeza. Parece reacio a admitir el acierto de mi afirmación. Quizá lo que quiere es que me pase la vida entre adivinanzas.

—¿Quieres saber lo que les he dicho?

Es gracioso; creo que jamás había oído una amenaza tan cargada de esperanza. Se muere de ganas de que muerda el anzuelo. Quiere ganar el partido. Para él es un deporte, una actividad que empieza a dominar.

Para mí es la guerra.

—Solo si te apetece contármelo —comento. Una retirada en falso, mientras trato de averiguar la verdad.

Me dedica una mirada penetrante.

—Supongo que da igual. Obviamente, les dije lo bastante como para que no te llamaran.

—¿Obviamente? —le pregunto invirtiendo la dirección de otra bala.

—¿Qué quieres decir?

—Bueno, estás tratando de probar una negación, ¿no? Estás dando por hecho que después de vuestra conversación no me han llamado, pero no me has preguntado si ha sido así. —Estiro el brazo para cogerle de la mano ignorando la frialdad de su tacto—. Dices que quieres ayudarme de verdad; si eso es cierto, tienes que ser sincero conmigo.

Dave vuelve a sumirse en el silencio con los ojos clavados en las luces de freno de los coches que tenemos delante. Esas intensas luces rojas parecen los ojos de unos demonios contemplando el espectáculo.

—Se supone que las cosas deben ser de determinada manera —afirma tras haber avanzado medio kilómetro.

Esta afirmación no está dirigida a mí y tampoco está hablando consigo mismo; suena a plegaria, como si corrigiera a Dios con mucha delicadeza, como si le recordara al universo cómo debe actuar.

Mi mano sigue posada sobre la suya con la intención de aplacar el campo de fuerzas.

—¿Qué les has dicho a mis padres, Dave?

—Estoy tan cabreado contigo. —De nuevo, no tengo claro si sus palabras se dirigen a mí o a Dios, pero, en cualquier caso, los dos estamos seguros de que son sinceras—. No voy a dejarte escapar, pero tampoco puedo olvidarme de esto. Dicen que el amor y el odio son dos caras de la misma moneda. Nunca había entendido esa expresión. Hasta ahora.

Retiro la mano. Si esto es todo lo que se oculta bajo ese campo de fuerzas, no merece la pena que le dedique mi tiempo.

—No es una situación que se pueda cambiar echándolo a cara o cruz —le explico—. Si lo fuera, cogería la moneda y volvería a ponerla en el lado del amor. —Chasqueo los dedos y sonrío con nostalgia—. Sería así de sencillo.

No dice nada. Sigue con la mirada clavada en la autovía.

—Les dije que te estabas comportando como Melody. No tuve que añadir mucho más para que se pusieran a especular ellos solitos sobre los detalles.

Me quedo helada. Esa bala me ha alcanzado. Se me hace un nudo en la garganta. Pero…

—Si les hubieras dicho eso, me habrían llamado.

—Les dije que no te llamaran, que yo te metería en vereda… o no.

—No lo entiendo.

«Y si no tiene sentido, no puede ser verdad», quiero añadir. No puede ser verdad. No pienso perder mi tiempo dándole vueltas.

—Tu madre piensa que ella tiene la culpa. Quizá la tenga. Está histérica. Es probable que tu padre piense lo mismo, pero no lo dice. Como piensan que son la causa del problema, me han dejado a mí a cargo de la solución.

Siento que se me suben los colores.

—¿Te crees que estás a mi cargo?

—Sí. Están furiosos contigo, Kasie. Creen que no eres más que una vulgar putilla que se ha ido tirando a todo el que ha hecho falta para llegar a lo más alto. Después de nuestra conversación, tu padre llegó a sugerir que quizá hubieras hecho algún favor a tus profesores de la universidad.

—Cállate.

—Explícame cómo conseguiste un sobresaliente en física si no sabes ni la diferencia entre fisión y fusión. ¿Te quedaste después de clase? ¿Gateaste bajo la mesa del profesor y te frotaste con sus piernas como una perra en celo?

—Todas las notas que he obtenido han sido resultado de mi esfuerzo.

—¿De qué esfuerzo? ¿De tu sudor? ¿Lo que satisfacía a tus profesores eran tus exámenes o el verte inclinada sobre su mesa, arqueando la espalda y ofreciendo tu cuerpo como si fuera un trofeo? —Sacude la cabeza—. Creo que lo más triste que he oído en la vida es cuando tu padre dijo que quizá hubiera sido mejor que no hubieran tenido hijos. No sé, Kasie…, es posible que no quieran saber nada más de ti. Igual que, después de tanta decepción, no quisieron saber nada más de ella, incluso antes de que muriera.

Veo a mi padre sentado en la mesa de la cocina con mi madre. Le oigo barajar las posibilidades más obscenas, mientras ella se va encogiendo cada vez más en la silla. No saben que estoy ahí, mirando a hurtadillas desde el otro lado de la puerta. Hace tan solo unos días he cumplido nueve años; mi fiesta de cumpleaños acabó mal porque mi padre descubrió a mi hermana con un hombre en su cuarto.

«Estaba drogada, Donna», le dice a mi madre. «Creo que ese hombre le dio drogas. Eso es lo que estaba haciendo: pagarle con la única moneda que tiene. Y lo hizo en el cumpleaños de Kasie. Mancha todo lo que toda. Tenemos que echarla de casa. Me niego a permitir semejante depravación en mi hogar».

«Es nuestra hija». Tardo un rato en reconocer la voz de mi madre. ¡Suena tan diferente! Su pulida dicción ha perdido parte de su perfección y las palabras, desprovistas de esa pulcritud, exhiben sin reparos la desesperación que siente.

«Dejó de ser nuestra hija cuando se convirtió en una puta».

¿Acaso percibo un temblor en su voz? ¿Le cuesta anunciar semejante proclama? No lo sé. Lo único que oigo es la firmeza de su afirmación. Su condena. Ayer mismo éramos inocentes, mi hermana y yo. Sus rarezas eran excentricidades; tan solo era una niña problemática a la que él tenía que meter en vereda.

Pero ahora es una puta.

Y las putas no valen nada.

A las putas se las puede marginar, castigar y odiar. Estoy presenciando cómo mi padre aprende a odiar a mi hermana.

«No permitiré que eso ocurra bajo mi techo», afirma mientras yo me pregunto si volveré a verla algún día.

Estiro el brazo para coger mi bolso, pero Dave me detiene con una mirada antes de preguntar:

—¿Qué estás haciendo?

—Voy a llamar a mis padres.

Dave abre la boca para protestar, pero se detiene y se encoge de hombros.

Cuando saco el teléfono y marco el número de mi padre, el tráfico ha disminuido.

Me cuesta sujetar el móvil, pues tengo las manos resbaladizas por el sudor y los ojos se me empañan.

Mi padre coge el teléfono:

—¿Kasie? —pregunta sorprendido. Quizá no se esperara que fuera tan valiente como para llamarle.

—Papá, yo… Tenemos que hablar. Sé… Sé lo enfadado que debes de estar conmigo.

Al otro lado de la línea hay una larga pausa mientras yo, ansiosa, trato de encontrar el modo de proseguir.

—Kasie, ¿tratas de decirme algo? —pregunta por fin con un tono que revela cautela… y confusión.

—Tú… ¿no sabes por qué podrías estar enfadado conmigo?

Miro a Dave. Está sonriendo.

—¿Has hecho algo malo?

Me aparto el móvil de la oreja. A una parte de mí le entran ganas de reír aliviada, histérica, dolorida. Dave está jugando un partido. Yo estoy luchando en una guerra. Él está ganando y yo, muriéndome.

Con una mano temblorosa vuelvo a acercarme el teléfono a la oreja.

—Me acabo de dar cuenta de que no os dediqué mucho tiempo en la fiesta y que no me ofrecí a llevaros al aeropuerto al día siguiente. He sido muy descuidada.

—Por eso nos llamó Dave —responde mi padre; ya no está en guardia, está relajado. Mi disculpa por lo que él considera un delito menor le ha satisfecho—. Dave nos explicó cómo estaba la situación en tu trabajo. Haz lo que tengas que hacer, cariño.

—Vale —respondo aturdida.

—Dave es un buen hombre —comenta pensativo—. Es decente y de buena familia. Me gusta de veras.

—Lo sé —contesto.

Dave cambia de carril y adelantamos a toda una fila de coches que se desvían con suma lentitud hacia una salida.

—Estamos orgullosos de ti, Kasie. Estamos orgullosos de las elecciones que has hecho en tu vida. Por favor, no te estreses con tener demasiado trabajo. Tu madre y yo lo comprendemos perfectamente. Y tampoco será así siempre, ¿no?

—No.

—¡Bien! Pronto volverás a ser la hija dulce y atenta que todos conocemos y amamos. Pero no descuides a tu hombre. Él también es un tesoro.

«Confianza», «dulzura», «amor»… Esas palabras me resultan tendenciosas ahora que vivo en un mundo de engaño, amargura y odio. Es evidente que Dave se lo está pasando de lo lindo viéndome esclarecer el misterio. Está saboreando la amargura de esta traición; deja que el vinagre se deslice por su lengua, antes de tragarlo. Ahora puedo olerlo en su aliento y en los poros de su piel. Le define.

Me despido de mi padre colmándole de cumplidos para distraerle de la tristeza que detectaría si se molestarme en escucharme con atención.

Miro a Dave. Sigue sonriendo, pero su sonrisa parece estar desligada del resto de su cuerpo: tiene los hombros rígidos, la mirada severa y las manos aferradas al volante como quien agarra un rifle que otros tratan de quitarle.

—Lo siento. —Es la primera vez en todo el día que lo digo en serio—. Siento haberte hecho sentir tan triste y tan iracundo.

La sonrisa sigue perenne en el mismo sitio, pero los hombros se han elevado aún más.

—Que esta vez no se lo haya dicho no significa que no se lo vaya a decir. Tu padre no te lo perdonará jamás.

—Dave, no tienes por qué dejar que esto ocurra.

—¿El qué? —pregunta emitiendo una breve risa—. ¿Ponerte en evidencia? ¿Exponerte?

—No tienes por qué dejar que mis desatinos te hagan cambiar quién eres.

Se queda callado mientras nos desviamos de la 405 a la 101, donde el tráfico vuelve a ser denso.

—Cuando te desnudaste para él, cuando dejaste que te tocara en partes de tu cuerpo que supuestamente solo yo debería tocar…, ¿a eso lo llamas «desatino»?

—Quizás no es la palabra más acertada, pero…

—Como cuando un atleta toca la barra al saltar… o un *quarterback* le lanza la pelota a un compañero pero se la interceptan…, ¿ese tipo de desatino?

—No voy a entrar en una discusión semántica, mientras nos pisoteamos el uno al otro el corazón.

—No, no es una discusión; te estoy haciendo una pregunta. Te estoy dando la oportunidad de darme explicaciones.

—Eso ya lo he hecho.

—¿Ah, sí? —Se gira hacia mí.

El tráfico se ha parado…, quizá haya un accidente. La despreocupación de alguien acaba de destruir propiedades y vidas.

—Me entraron los nervios de la boda… Me asusté.

—Y entonces te acostaste con otro. ¿Buscaste algo que te consolara y te lo follaste? Un consolador que meterte entre las piernas para… ¿dejar de sentirte asustada?

—Dave…

—Porque si eso es lo que necesitas, yo también puedo hacerlo.

Con un movimiento rápido me mete la mano entre los muslos y me frota con agresividad el sexo. En el todoterreno situado en el carril de al lado, hay un hombre de aspecto aburrido y cansado al que le da por mirar en el peor momento. Al ver la mano de Dave entre mis piernas, me mira a los ojos y eleva las cejas.

Cojo la mano de Dave y la aparto de malas maneras.

—Para.

—Ya veo. Así que cuando él te hace un dedo, te sientes protegida, pero cuando te lo hago yo, te parece repulsivo.

—Cuando lo haces con odio, sí, es repulsivo.

—¿Quieres que sea con amor?

—Sí.

—Entonces haz que me sienta amado.

Quizá motivada por la imprevista sinceridad que ha surgido en su tono, me giro para examinar su expresión, pero sus ojos testarudos siguen pegados a la carretera. Hay algo trágico en lo que acaba de decir.

—No sé si puedo hacerte sentir eso.

—¿Él te ama?

Dudo antes de dar una respuesta.

—No lo sé. Ni siquiera sé si importa.

—¿Y tú?

—¿Que si le amo?

—Sí... No... Yo...

Se le va la voz y se ruboriza ligeramente, avergonzado por titubear tanto.

Los coches de nuestro carril empiezan a moverse. El testigo del ridículo ataque de Dave se sitúa detrás de nosotros, de modo que el recuerdo se convierte en una simple imagen que cada vez se hace más pequeña en el retrovisor.

—¿Qué es lo que quieres saber, Dave?

—No creo que el amor desaparezca sin más —dice tanto para sí mismo como para mí—. Pero lo que hiciste... Teníamos algo... Algo grande. ¿Cómo puedes ser tan displicente con algo que tenía tanta sustancia?

No tengo respuesta para esa pregunta.

—Crees que trato de torturarte —continúa sin perder la calma—. Quizá sea así. Quizá quiero que experimentes una décima parte del dolor que me has causado. Pero no creo que el amor que teníamos haya desaparecido sin más. No creo que la mujer a la que amo se haya evaporado.

—Estoy aquí, Dave. No me he evaporado.

—No, no eres tú. Tú eres una puta vestida con piel de cordero... Disfrazada de ella. Es como un desdoblamiento de personalidad o… un trastorno mental.

—¿Piensas que me he vuelto loca?

—Creo que necesitas que te salven. —Toma aire—. Yo lo haré. Yo te rescataré, lo quieras o no.

Y con esta frase pasa de la tragedia a la locura. Sigue siendo el secuestrador que quiere que su prisionero se deshaga en alabanzas hacia él. Quizá todos los secuestradores estén un poco locos. ¿Qué más da que el fanatismo provenga de la religión, la política o el amor? El fanatismo es lo que es: algo demente, desacertado y, por extraño que parezca, honesto. Los fanáticos creen a pies juntillas sus propias gilipolleces.

—Ahora lo entiendo —prosigue—. Tienes… necesidades…, cosas que tienes que expulsar del sistema. Yo te ayudaré. Sacaremos partido de la depravación que te está infectando. Voy a hacer que vuelvas a ser la mujer que eras, la mujer con la que quiero casarme. Cuando haya terminado mi labor, también será la mujer que querrás ser. Te darás cuenta de que el camino en el que te encuentras ahora solo lleva a la degradación y anhelarás la pureza.

Sacudo la cabeza. No me imaginaba que una aventura pudiera traumatizar así a nadie. Se debe de pensar que puede convertir nuestras vidas en una versión moderna de *La fierecilla domada*.

—Esta noche —continúa—. Comenzaremos esta noche.

No sé exactamente a qué se refiere, pero me puedo hacer una idea. Me imagino ahora con Dave, imagino cómo me toca, cómo me la mete mirándome con petulancia mientras yo me retuerzo bajo su peso… No puedo hacerlo.

—Estás tan enfadado conmigo ahora mismo… —comento con suavidad—. No quiero… estar contigo hasta que no sientas cierto afecto hacia mí.

—¿Crees que no lo siento? —inquiere, pero es una pregunta retórica.

Los dos sabemos que tengo razón.

—Entonces empezaremos poco a poco —dice—. Una cenita en casa. Hazme la cena como solías hacer. Ponte guapa para mí. Demuéstrame que al menos estás dispuesta a hacer un esfuerzo.

Miro por la ventana. Estoy cansada. No tengo fuerzas para nada de esto. Pero Dave quería dejarme algo claro cuando me ha dicho que se lo había contado a mis padres: me estaba informando de lo que sería capaz de hacer. Si yo no pongo de mi parte, ¿por qué iba él a morderse la lengua? ¿Por qué iba a hacer nada por mí?

—Te haré la cena —digo en voz baja.

—¿Y podré elegir un modelito para que lo lleves puesto mientras me sirves?

«Mientras le sirvo». Tengo que decirme a mí misma que solo se refiere a la cena…, pero no sé en cuántos sentidos se propone que sea su «sierva». Le he ofrecido mi confesión y esta es la penitencia que me propone. En lugar de rendir cuentas ante Dios, debo hacerlo ante él.

Así que asiento con la cabeza. Tan solo se trata de una cena y de un vestido. Preferiría recitar el rosario unos pocos cientos de veces, pero supongo que no sería apropiado y, además, sería una tontería tratar de traer algo sagrado al infierno.

Capítulo
7

Cuando llegamos a su casa, me dirijo directamente a la cocina. Dave probablemente interprete esta reacción como un gesto de sumisión, pero en realidad lo único que intento es alejarme de él lo antes posible. No soy una cocinera espectacular, pero tampoco soy pésima. Saco los ingredientes necesarios para hacer un salteado rápido, y dar el día por terminado. Cuando Dave entra en la cocina, la encimera está cubierta de verduras frescas y dos chuletas de cordero congeladas. Se queda mirando fijamente a la carne; lo toma como un insulto. A él no le hace mucha gracia la carne roja. Hace meses, hace una vida entera, compró cordero con la intención de agradarme y trató de sorprenderme con una cena… que le quedó fatal. Nos echamos a reír y acabé preparando un plato de pasta. Sin embargo, no tiró las chuletas que sobraron, y a mí sí que me gusta la carne roja… y además soy yo la que cocino esta vez. Saco un cuchillo grande y lo poso con cuidado sobre una tabla de cortar.

—El vestido está encima de mi cama. Ve a cambiarte.

—Me cambiaré cuando termine de hacer la cena —respondo, mientras cojo la botella de aceite de oliva virgen extra y un plato para cubrir la carne que voy a descongelar en el microondas.

—No, cámbiate ahora. Me hará feliz.

Está a años luz de la felicidad. Si estuviera feliz, ahora estaría frente al hombre que un día me importó, aunque no lo ame.

Cojo aire para admitir por fin la cruda realidad: nunca he amado al hombre con el que accedí a casarme.

Tan solo anhelaba la vida que él me ofrecía: el orden, la estabilidad, la previsibilidad. Todo eso me parecía crucial. Es curioso que esos «atributos» hayan perdido tanto atractivo. Quizá la causa del cambio en su comportamiento no haya sido la traición. Puede que la fuerza que lo ha transformado todo haya sido la ausencia de amor. Quizá sea la distancia entre lo que queremos y lo que tenemos lo que determina nuestro comportamiento.

Un vestido no arreglará nada y, sin duda alguna, no nos hará más feliz a ninguno de los dos, pero como no sé lo que nos hará felices, hago lo que me pide y subo a su cuarto a cambiarme.

Al ver el vestido me entra la risa: es excesivamente provocativo y obviamente lo ha comprado hoy mismo. Es negro y deja los hombros al descubierto. Tiene tres franjas: la primera, de un tejido grueso, cubre el pecho; la segunda, una malla negra transparente, muestra el vientre entero y, la última, otra banda de tejido grueso, es una microminifalda. He visto a una estrella del pop con un vestido parecido en una gala de la MTV o algo así, pero dudo que Dave sepa que lo que ha comprado es una imitación de otro vestido un poquito menos hortera. Probablemente Dave crea que se trata de lencería.

Me embuto en el vestido. Es ajustadísimo y, curiosamente, sienta muy bien, aunque me hace parecer un poco zorrón. Mucho más que el vestido Hervé Léger que llevé en Las Vegas la noche que conocí a Robert Dade.

Una mirada al espejo basta para darme cuenta de que voy a tener que cambiar las braguitas que llevo puestas por un tanga.

Busco entre las pocas prendas de ropa que tengo en su casa a ver si encuentro uno.

—Con eso no podrás llevar ropa interior —dice Dave.

Me giro y le veo de pie en la puerta.

Esbozo una leve sonrisa.

—¿Estás tratando de humillarme? —le pregunto.

Se encoge de hombros y su silencio responde a mi pregunta.

No le daré esa satisfacción. No va a humillarme por llevar un vestido en una residencia privada.

—¿Por qué iba a darme vergüenza? Ayer mismo me viste con menos ropa.

Deslizo la mano sobre mi vientre descubierto y me levanto la falda. Me cuesta quitarme las braguitas sin mostrarle más de la cuenta, pero lo logro y entonces se las lanzo. Él las coge al vuelo con una mano y da la impresión de que se siente avergonzado y excitado a la vez.

Me acerco a él y me inclino para decirle al oído en un cantarín susurro:

—Si me tocas, te mato.

Dicho esto, me voy a hacer la cena, deján-dole con una erección de la que tendrá que encar-garse él solito.

No es fácil preparar un plato de cordero cuando un tejido despiadado te limita los movi-mientos. La culpabilidad que siento por lo que he hecho se va disipando con cada uno de los patéti-cos intentos que hace Dave por degradarme. Asha ejecuta sus refinados ataques con una elegancia despiadada, pero los movimientos de Dave son torpes y solo dan en el blanco cuando los acompa-ña un golpe de suerte. La única ventaja con la que juega Dave es que, a diferencia de Asha, aún no es-toy segura de entender del todo sus motivaciones.

¿Qué se arriesga a perder por llamar a mis padres o a su padrino ahora mismo? ¿Me estará dando falsas esperanzas? ¿Seguirle el juego ser-virá para salvarme o simplemente para ganar tiempo?

El aceite de la sartén salta y chisporrotea cuando echo los trozos de carne roja llena de san-gre. Pongo el cuchillo sobre las verduras y las corto con movimientos precisos y violentos. He estado luchando como un civil, abalanzándome sobre todo el que pudiera ser mi enemigo, pero tengo que ser un soldado y necesito una estrategia para la batalla.

Mientras golpeo el filo del cuchillo contra la tabla de cortar, me pregunto si la violencia no pasará de ser una metáfora. ¿Cuánto puede presionarme antes de que explote?

Veinticinco minutos después la cena está casi lista, pero antes de que me dé tiempo a coger un solo plato, suena el timbre.

Me quedo pensando. No parece una coincidencia. Miro el vestido que llevo puesto. Una cosa era llevarlo delante de Dave, pero delante de alguien más...

Entonces una idea absurda se abre paso en mi cerebro.

«¿Y si es Robert Dade?».

Me imagino a Robert irrumpiendo en la casa. No ve a Dave, solo a mí. «No tienes por qué hacer esto por mí», dice. Y entonces me doy cuenta de que en realidad todo se limita a nosotros dos. Dave no importa. Dirijo mi mirada hacia Dave y veo cómo se desvanece, igual que una aparición o una sombra que basta con que entre la luz para que desaparezca.

Es una fantasía indulgente con la que no me permito entretenerme más de un minuto, pero es el tiempo suficiente para que me excite. El corazón me late un poco más deprisa y siento un leve dolor causado por el deseo…

En realidad es patético. Las probabilidades de que sea él se reducen prácticamente a cero. Ni siquiera sabe dónde vive Dave. Si no está aquí, ¿por qué siento estas tonterías?

«Te conozco, Kasie. Sé que hasta cuando estoy lejos de ti, estoy dentro de ti. Puedo tocarte con solo pensar en ti».

El timbre vuelve a sonar despertándome de mis fantasías y recuerdos, pero a estas alturas ya noto cierta humedad entre las piernas.

No debería haberme quitado la ropa interior. Cohibida, me acerco a la puerta de la cocina y veo que Dave se dirige a la puerta de la casa.

—¿Quién es, Dave? —le pregunto.

Gira la cabeza y me sonríe con satisfacción. Aprecio el rencor en sus ojos cuando abre la puerta de par en par.

Es Tom Love, con una botella de vino en la mano y una expresión de perplejidad en el rostro.

—No sabía si tenía que traer algo —le dice con vacilación a Dave, como si no estuviera seguro de dónde se está metiendo—. No me esperaba la invitación.

La mirada de Tom se abalanza sobre mí. Contempla el vestido con la boca medio abierta y los ojos como platos…, entonces sonríe con picardía.

—¿A qué me estáis invitando?

Siento cómo el bochorno me coge de los pies, trepa por las piernas y atraviesa mis entrañas para abrazarse a mis pulmones y apretar con la fuerza aplastante de una serpiente.

—¿Recuerdas que te comenté que hoy había invitado a tu jefe a cenar? —me pregunta Dave acercándose hacia mí. Cada paso que da resuena con el eco consagrado del resentimiento—. Cuando organicé nuestra fiesta de compromiso, de tu trabajo solo invité a mi padrino y a Asha porque eran las únicas personas a las que conocías lo suficiente. Después me di cuenta de que la mayoría de tus superiores no tienen ni idea de cómo eres fuera del despacho y pensé que deberíamos dejar que el señor Love echara un vistazo —explica bajando la mirada hasta el dobladillo de mi vestido.

Me entran ganas de tirar del vestido hacia abajo para que parezca más largo, pero no serviría de nada; es más, al tirar de él, me bajaría el escote demasiado y acabaría enseñando las rosas aureolas de mis pezones. Soy hiperconsciente de lo húmeda que está mi entrepierna; noto cómo me desparramo y aprieto una pierna contra la otra, mientras pienso qué hacer para salir de esta.

—Yo no cenaré con vosotros —digo en voz baja.

Mi afirmación desata dos reacciones: Dave me clava la mirada y Tom se muestra sorprendido.

—¿No? —pregunta Tom entrando en la casa y cerrando la puerta tras de sí.

Sus ojos se dirigen de mí a Dave y de nuevo a mí. Examina agradecido el vestido, pero la lascivia ha desaparecido, pues poco a poco empieza a comprender lo que es esto y lo que no.

—No sabías que Dave me había invitado.

Niego con la cabeza, pero Dave apoya su pesado brazo sobre mis hombros desnudos.

—No pasa nada. Ha hecho comida de sobra y Kasie no come mucho.

Me imagino arañándole la cara con el anillo que me obliga a llevar puesto. Sangre roja sobre la piedra roja.

—Yo no cenaré con vosotros —repito, pero Dave tensa el brazo y me empuja hacia él.

—Pero debes hacerlo, Kasie —dice. La imagen de la culebra me vuelve a la mente. Dave habla con la voz de la serpiente—. ¿De qué hablaremos Tom y yo sin ti? Nos limitaremos a hablar de negocios, como, por ejemplo, la cuenta en la que has estado trabajando. Maned Wolf, ¿verdad?… ¿El señor Robert Dade?

—Ah —dice Tom mientras posa con cuidado el vino de borgoña sobre la mesa.

Presiento en su exclamación atisbos de comprensión, ni rastro de sorpresa. Clava su mirada en la mesa, quizá para analizar las piezas del puzle metafórico que se le acaban de mostrar.

—Harán falta tres platos —afirma Dave con convicción.

El papel de mandamás no está hecho a su medida. Le queda grande y, con esa prenda, resulta aún más vulnerable.

Como cuando un niño se prueba la ropa de su padre.

Sin embargo, esta vez la bala da en el blanco. Tom es mi superior y, aunque respeto sus habilidades profesionales, no me cae bien. No me gusta cómo moldea la ética y la moralidad a su antojo con el fin de satisfacer sus ambiciones. No quiero que me vea así vestida, con una falda que apenas me cubre las caderas, con un escote que muestra las curvas de mis pechos… Tom jamás debería haberme visto así.

Además, las amenazas de Dave no han sido nada sutiles. Tom ha captado la indirecta con la misma facilidad que yo. Mucho antes de llegar a casa de Dave, ya se había dado cuenta de que mi relación con Robert no era platónica, pero eso no significa que quiera hablarlo con él, ni que quiera enfrentarme al bochorno de que lo sepa… y que me juzgue por ello. ¿Reaccionó como Dave? ¿Él también me tachó de puta?

—Los platos —insiste Dave.

Me doy la vuelta y me dirijo a la cocina. El corazón me late con tal fuerza que me tiembla el cuerpo entero. ¿Cómo he podido hacerle esto a mi vida? ¿Y para qué? ¿Para acostarme con un desconocido? ¿A cambio de una aventura ilícita? ¿De verdad pensé que merecía la pena correr el riesgo?

¿Ha merecido la pena? Los recuerdos pasan ante mis ojos como una sucesión rápida de imágenes: tonteando delante de una copa de whisky, entregándome en cuerpo y alma a una conversación de negocios en un restaurante, golpeándole de broma con la almohada mientras ríe, sus manos en mis caderas, levantando las caderas despacio para que pueda llegar más profundo, su mano en mi clítoris, jugueteando conmigo mientras me penetra... No logro respirar... No quiero...

Estoy en una situación desesperada a la que he de enfrentarme. Mi prometido me está tratando como a un despojo delante de mi jefe y yo me decido a fantasear con mi amante.

«No», responde mi diabla. «Estás recordando por qué ha merecido la pena».

Trato de quitarme estos pensamientos de la cabeza y de repartir la comida en tres raciones.

«Robert me toca los pechos y me pellizca con delicadeza los pezones».

Saco tres copas de vino.

«Siento los besos de Robert trazando una línea entre mis hombros».

Oigo el murmullo de las voces masculinas en el comedor, mientras elijo con cuidado los cubiertos. Tengo los pezones tan duros que parecen querer traspasar el tejido de este odioso vestido.

Cojo aire y me concentro. Me tomaré mi tiempo antes de salir, dejaré que la fantasía siga su curso para que me haga más fuerte. Siempre que hago el amor con Robert, me siento vulnerable al principio, pero al final acabo sintiéndome fuerte. Necesito tener esa fuerza esta noche.

—Kasie.

Me doy la vuelta al instante, sorprendida al oír la voz de Tom tan cerca. Su mirada se dirige de inmediato a mis pechos y cruzo los brazos por delante con la esperanza de saber ocultar lo que se me está pasando por la cabeza. Pero lo que consigo con este movimiento es subirme aún más el vestido. Me apresuro a tirar del dobladillo hacia bajo, esperando que no se haya dado cuenta de que acabo de enseñárselo todo.

Gira la cabeza y dirige la mirada al suelo.

—¿Dónde está Dave? —le pregunto.

—Me acabo de comprar un Porsche y le he dicho que saliera a echarle un vistazo.

—¿No has salido con él?

—No, le he dejado fuera.

Su confesión me saca del bochorno y me produce algo similar a la perplejidad, el asombro... y la admiración.

—¿Le has dejado fuera de su casa?

—Sí.

Aunque sigue mirando al suelo, noto que está sonriendo.

Después de todo, puede que Tom sí que me caiga bien.

A no ser que... Miro mi silueta y vuelvo a sentirme cohibida.

—¿Por qué le has dejado fuera? —pregunto—. Si piensas que va a pasar algo entre tú y yo...

—¿Cómo? ¿Me estás diciendo que no puedo acostarme contigo en casa de tu prometido, mientras él aporrea la puerta para que le dejemos entrar?

No quiero mostrar que me hace gracia, pero me cuesta ocultarlo.

—Mira, acostarme contigo en esas circunstancias, en cualquier circunstancia, sería una pasada, pero no va a ocurrir. Sé que no quieres que esté aquí —dice.

Trago saliva, pero no respondo.

Cambia de postura y de pronto se muestra torpe e incómodo.

—Además, otra razón por la que no puedo acostarme contigo es porque estás prometida con el ahijado de mi jefe. No creo que vaya a chivarse de que le he dejado fuera de su casa, estoy seguro de que algo de orgullo tiene, pero ¿si me acostara con su prometida mientras ella le hace la cena? Sí, por algo así sí que haría una llamadita.

—Eres más listo que yo —afirmo en voz baja—. He hecho cosas… sin pensar en las consecuencias. Cosas por las que podrían despedirme.

Tom me mira a los ojos.

—Sé lo que has hecho… No conozco los detalles, pero lo sé… Y no me importa. —Me da tiempo para que lo asimile, antes de soltar una risa suave como la seda—. Bueno, en realidad sí que me importa. Me alegro de que te tiraras a Robert Dade. De hecho, si hubiera pensado que follándomelo conseguiría la cuenta de Maned Wolf, me lo habría tirado yo también. Habría tenido que beber mucho antes, pero…

Las burbujas de una risa me borbotean en la garganta. Esta situación no puede ser más absurda.

Pero la sonrisa de Tom se desvanece a medida que avanza en su argumentación.

—De hecho, Kasie, si hubiera sabido que fo- llándotelo conseguiríamos la cuenta, te hubiera animado a hacerlo y, si me hubieras contado lo que estaba pasando, te hubiera ayudado a ocul- társelo a Dave.

Se me cortan de raíz las ganas de reír y mi desaprobación presiona las burbujas en mi gar- ganta hasta explotarlas, mientras, al mismo tiem- po, mi propia hipocresía me retumba en las sienes, pues, en realidad, lo único que está diciendo es que haría lo que yo ya he hecho.

—No me acosté con Robert para progresar en mi carrera —afirmo con calma.

Tom se encoge de hombros, mis motivos le son indiferentes, lo que le gusta es el resultado.

—Lo que estoy diciendo es que, si el padri- no de Dave no fuera Dylan Freeland, esta situa- ción nos favorecería a todos.

Observo a Tom con una mirada renovada: veo por primera vez que su indiferencia absoluta hacia la moralidad podría serme útil. Él no me juzga, lo único que determina sus acciones es un pragmatismo desacerbado y algo de lujuria; im- pulso, que por cierto, logra contener con una ha- bilidad admirable.

—El señor Freeland es un gran empresario —prosigue Tom pensativo—. Pero, por desgracia, está más entregado a la familia que a los negocios. Si se entera de que le pusiste los cuernos a su ahijado, estás en la calle. Encontrará una excusa válida. Todos nuestros contratos incluyen cláusulas sobre cómo comportarnos con los clientes, la importancia de proteger la reputación de la empresa, etcétera, etcétera. Dirá que ofreciste favores sexuales a cambio de una cuenta y con eso bastará. Esa información pasará a formar parte del dominio público. Freeland se encargará de que así sea. Y tu vida será mucho más dura.

Cuando la última palabra le sale de la boca, hace una mueca de incomodidad y cambia de postura. El movimiento atrae mi atención hacia sus partes bajas y me doy cuenta del estado físico en que se encuentra y del juego de palabras involuntario. Me esfuerzo por no poner los ojos en blanco. Me parece una tontería excitarse tanto por un vestido. Podría ir a la playa y ver a mujeres con menos ropa. Y si yo no fuera quien soy, me tomaría por una prostituta cualquiera y sentiría lascivia o me ignoraría directamente; o quizá le pasara totalmente desapercibida al tomarme por otra exhibicionista de esas que van a las discotecas de Los Ángeles.

Lo que le impresiona es que por una vez me ve en una situación de vulnerabilidad, por primera vez me ve mostrando lo que hasta ahora he ocultado. Sabe que no llevo este vestido por voluntad propia y presiento que, precisamente por eso, se esfuerza por que el verme así —algo a lo que no tiene derecho— le produzca más rechazo que excitación. Es un relámpago de decencia en esta fría tempestad de cinismo.

Sin embargo, su cuerpo no coopera con los caprichos de su conciencia, y no puedo culparle por eso. Puedo culpar a Dave, pero a él no.

Con mucho cuidado junto las manos delante de mi cuerpo. Tengo la sensación de que, con cada movimiento que hago, el vestido se me sube un poco.

—¿Qué puedo hacer? —le pregunto.

La mirada de Tom se posa un instante en el bajo de mi vestido, antes de regresar al suelo.

—Contraatacar.

—¿A Dave? ¿Cómo? No ha hecho nada por lo que pueda poner a Freeland en su contra. No tengo nada que le obligue a mantener la boca cerrada.

—No estás usando tu imaginación —responde Tom—. Los hechos pueden adquirirse como cualquier otra mercancía. A veces por medio de trueque, a veces con dinero; pero se pueden comprar, siempre.

Entonces oímos que está aporreando la puerta. Tom suspira y sacude la cabeza.

—Con ese jaleo va a despertar a los vecinos.

Tan solo son las ocho y media, pero tiene razón. Tom se acerca a la entrada, yo le sigo unos pasos por detrás y me quedo rezagada mientras abre la puerta. Dave espera en el umbral de su propia casa con la cara de un color carmesí preocupante.

—¡Me has dejado fuera a propósito!

—Yo no he hecho tal cosa —miente Tom con ligereza—. No entiendo cómo ha podido pasar.

Los ojos de Dave se dirigen a mí.

—¿Qué habéis estado haciendo exactamente?

Casi me da la risa. Invita a Tom a su casa para que me vea prácticamente desnuda y ahora le preocupa que me haya tocado con algo más que los ojos. Una vez más me doy cuenta de que, al igual que yo, Dave es un amateur en lo que a crueldad se refiere.

Tom también le ve la gracia a la situación y, con una sonrisilla en los labios, añade:

—¿Te preocupa que haya probado lo que me has invitado a catar?

Dave parece consternado. El control es escurridizo y él no lo sujeta con la fuerza suficiente. Veo el modo en que me mira. La hostilidad que proyectan sus ojos casi me hace daño.

Casi. Es lo que ocurre con la crueldad: al igual que con la mayoría de los venenos, si tomas pequeñas dosis con frecuencia, puedes hacerte inmune.

—Después de todo, creo que no voy a quedarme a cenar —comenta Tom. Se gira hacia mí, mostrando sin disimulo alguno su desprecio por el hombre que tiene delante—. El vino que he dejado sobre la mesa es para ti…, aunque estoy convencido de que necesitarás algo más fuerte.

—Te acompaño a tu Porsche —propongo.

Tom asiente con la cabeza.

—Coge las llaves. Esa puerta tiene mucho genio.

Sí, Tom es más listo que yo en muchos aspectos. Tiene una visión despejada de la situación, sin las nubes que producen las emociones y el dolor. Cojo las llaves de mi bolso, que está sobre la cómoda, y le acompaño al coche.

—Está cabreado. No quiere dejarte escapar —dice Tom, mientras caminamos hacia su coche con la mirada de Dave clavada en la espalda—. Ningún hombre que tuviera dos dedos de frente lo permitiría.

Su coche es de un original color oscuro: un plateado metálico que me recuerda a las ventanas tintadas del alto edificio que alberga las oficinas de Maned Wolf. Se detiene junto a la puerta del conductor con las llaves en la mano.

—¿Estarás a salvo?

Le miro con detenimiento tratando de analizar su expresión. La preocupación no es una emoción que le haya visto mostrar antes.

—Dave no me hará daño —respondo.

—Ya te lo está haciendo, Kasie. Esto es maltrato.

—Lo sé… Lo que quiero decir es… que no me pondrá la mano encima, Tom.

—Puedo llevarte a casa —propone con precaución—. O, si quieres, puedo llevarte donde esté él. —Me ruborizo y Tom sonríe con ironía—. ¿Prefieres que finja que no lo sé?

Asiento con la cabeza. La pintura metálica del coche refleja mi figura de forma distorsionada y fragmentada.

—Muy bien. En lo que a mi respecta, Dave es el único hombre con el que has estado los últimos años. Tu relación con el señor Dade es estrictamente profesional. ¿Lo ves? —dice abriendo la puerta—, en ocasiones los hechos pueden comprarse con una simple sonrisa.

Pero no estoy sonriendo. Me guardo ese pensamiento para mí, mientras sube al coche. Contemplo en la brillante carrocería plateada cómo mi reflejo se transforma, cambia y desaparece mientras se marcha.

Al volver a la casa, Dave sigue en el umbral. La incertidumbre ha debilitado la rabia. Paso por delante de él y espero a que cierre la puerta para darme la vuelta y mirarle a la cara.

—Soy más fuerte que un vestido. Soy más fuerte que toda esta situación.

Las palabras son directas, desprovistas de toda entonación. Son verdades como puños que no necesitan énfasis.

—¿Creías que Tom Love se olvidaría de quién soy? ¿Creías que me vería con este vestido y dejaría de tratarme como a la mujer que sabe que soy? Llevo cinco años y medio trabajando con él.

—Sí —admite—. Y yo he sido tu novio durante seis años. Pero como te dije antes, no sé quién eres. Lo poco que sé es que la ropa que solías llevar ya no te pega. Esto sí.

Siento la tela barata sobre la piel, y el aire rozándome las piernas me recuerda lo expuesta que me encuentro. En este momento debería sentirme vulnerable, pero no me siento así. Es débil y está desesperado. Siento la misma vulnerabilidad ante él que la que sentiría ante un pajarito con las alas rotas.

—¿Así es como quieres que sean las cosas entre nosotros? —le pregunto con descaro—. ¿Que te pases el día tratando de derribarme y yo siga manteniéndome en pie?

—¿Lo dices en serio, Kasie? —espeta—. ¡Mírate! ¡Pareces una cualquiera!

—Pues Tom no me vio como a una cualquiera. —Doy un paso hacia él. Un impulso estúpido se apodera de mí y añado—: Y Robert tampoco.

—¿Vas a mentarle delante de mí? ¿En mi propia casa?

Sonrío. En una novela victoriana hubiera añadido «¿A tal ultraje osas?». Elevo una ceja para responder a esa pregunta no formulada: «Sí, a tal ultraje».

Pero debo andar con cuidado. En cuanto Dave se rinda, en cuanto considere que todos sus intentos de tortura son en vano, zanjará esta situación con una simple llamada. Y las predicciones de Tom eran acertadas: si me expone ante quienes dan importancia a esas cosas, ante la gente que me importa, conseguirá arrebatarme el valor que acabo de adquirir con la facilidad con la que se pela una naranja, y lo perderé todo.

Así que suavizo el tono y le ofrezco una tregua en lugar de un puñetazo.

—Y creo que tú tampoco me ves así. Creo que estás enfadado. Pero creo que quizá dijiste en serio…

—¿El qué? —Escupe las palabras con la agresividad con la que una cobra escupe veneno.

—Que deseabas que te hiciera sentir querido. Creo que quieres volver a amarme.

Da un paso hacia mí, se muestra indeciso, pero después da otro, y otro, y con cada movimiento gana confianza y agresividad.

—Él se comportaba de otro modo, ¿verdad? ¿Más violento? ¿Más agresivo? ¿Más dominante?

—¿Se trata de eso? —pregunto al borde de la fatiga—. ¿De dominación?

—Dame una oportunidad. —Coloca la mano derecha en mi nuca para que no me mueva—. Puedo darte lo que deseas.

Me toca el pecho con la mano izquierda.

Le doy una bofetada.

Con movimientos lentos y sin dejar de mirarme a los ojos, deja caer las manos y se aparta a un lado para coger las llaves que están posadas en la mesita del vestíbulo.

—¿A dónde vas? —le pregunto cuando abre el armario de los abrigos.

—Voy a salir. —Sonríe con sarcasmo antes de añadir—: Necesito un poco de aire para decidir si voy a destruirte o no. No me esperes despierta. Voy a tener que darle muchas vueltas.

El ambiente está cargado de irritación. Igual me he pasado de la raya. Pero es que me está dejando sin opciones y me resulta difícil controlar la violencia que se empeña en meterme en el corazón.

—Mi coche aún está en la oficina —digo en voz baja.

—No lo necesitarás —afirma Dave con decisión—. Esta noche quiero que te quedes aquí. La única manera que quizá tengas de salvarte es que seas obediente.

Esta vez no rechisto. No serviría de nada. Me quedo ahí plantada mientras sale de la casa.

La nueva fantasía que surge en mi mente es que no vuelve jamás.

Capítulo

8

Me quedo de pie en el vestíbulo unos segundos —minutos quizá, una breve eternidad en cualquier caso—, intentando elegir un viaje mental con el que escapar de este lugar. ¿Sobre qué puedo fantasear ahora? ¿Me imagino nadando en las aguas tranquilas del Mediterráneo? ¿Bailando en Nueva York? Pero mi mente testaruda se niega a alejarse del aquí y del ahora. Unos pocos días… ¿Cuántas vidas he metido en ese breve lapso de tiempo?

Me apoyo en la pared, pues de pronto me siento mareada. La posibilidad de perder ante un rival tan torpe se me antoja imposible. No estoy acostumbrada a este tipo de batalla. Mis adversarios siempre han sido mis propios deseos y mis recuerdos; la guerra siempre ha sido interna. E incluso en esa guerra, mis oponentes eran los conquistadores. Cuando vencían a mis defensas, ocupaban mi mente con ambiciones coloniales y me arrastraban a esta reserva infernal en donde la subyugación y el servilismo son los medios obvios de supervivencia.

Oigo pasos en la calle que se acercan a la puerta. ¿Qué habrá olvidado Dave? ¿Algún insulto? ¿Alguna amenaza?

Me aparto de la puerta y observo cómo se gira el pomo; primero un centímetro hacia un lado y después otro hacia el otro. ¿Por qué no usa la llave?

Mientras contemplo cómo sacude el pomo, me doy cuenta de que tengo un problema nuevo.

La persona que está al otro lado de la puerta no tiene llave.

La persona que está al otro lado de la puerta está tratando de forzarla.

Reacciono de inmediato sin preocuparme por que se me suba la falda; me da igual lo que quede al descubierto. Mientras sea capaz de controlar esta nueva pesadilla, lo que pase con el vestido no tiene trascendencia alguna.

Toco el pasador, pero es demasiado tarde para cerrarlo. La puerta se abre de par en par y entonces me encuentro retrocediendo a la misma velocidad con la que hace un momento me abalanzaba hacia delante; quiero echar a correr, pero sé que no servirá de nada.

Pero el intruso no es un desconocido, ni mucho menos. Es Robert Dade.

Tras analizarme con una mirada fugaz, pasa por delante de mí y entra en el comedor; se queda de pie en medio de la estancia con los puños apretados y una energía furiosa que inunda el cuarto entero.

—¿Dónde se ha metido? —pregunta.

Está de espaldas a mí, algo que me conviene porque la rabia, la vergüenza y la humillación me están quemando esta noche y él parece hecho de queroseno.

—Ha salido. ¿Cómo sabías que estaba aquí? ¿Cómo sabías dónde vive Dave?

—Me ha llamado tu jefe.

Vaya, quién hubiera imaginado que se comportaría como un héroe. Casi lo digo en voz alta, pero me callo porque tengo la impresión de que Robert no tiene ganas de cháchara. Su postura me recuerda a la de un tigre al acecho, listo para atacar.

—¿Cuándo volverá?

Más que hacerme una pregunta, me está exigiendo información, y a mí por hoy se me ha acabado el cupo de exigencias.

—Yo me ocupo de esto, Robert. No te necesito.

Se da media vuelta y su furia choca con mi frustración.

—Sube a quitarte ese vestido. No te mereces ese trato. Deberías negarte a aceptar el papel de esclava que Dave te tiene asignado.

—No soy una esclava.

—¡Que te quites el vestido!

No me muevo del sitio. En parte me siento como un estudiante en la plaza Tiananmen, desafiando a un tanque al no apartarme de su camino.

Expulsa el agravio entre sus dientes apretados. Desvía la mirada y, con ella, la atención. Ahí, en la mesita, ve una fotografía enmarcada. Es una imagen de Dave y yo en tiempos mejores. Lleva un traje azul marino de crepé de lana con una discreta corbata color plata, y yo tengo el pelo recogido hacia atrás en un elaborado moño. El traje que llevo tiene el cuello adornado con bisutería y es de la sofisticación propia de una anciana; la única insinuación de formas más suaves y femeninas son el lustre ligero de la tela y los vuelos fruncidos a la altura de la cintura. Dave tiene la mano en mi espalda y yo sonrío a la cámara con serenidad. Es una imagen que parece arrancada de una revista estilo *Town & Country*. Somos perfectos. Como esculturas romanas. Con eso nos había comparado Simone. Perfectos en nuestra frialdad.

Robert coge la fotografía para examinarla de cerca.

—No estoy seguro de conocer a esta mujer.

—Yo sí la conozco. —Me acerco a él y miro la foto por encima de su hombro—. Pero no sé dónde se ha metido.

Robert posa el marco sobre la mesa.

—Pues que siga perdida. —Se gira hacia mí; la preocupación empieza a ablandar los bordes espinosos de su ira—. No le permitiré que te haga esto.

—No creo que puedas salvarme y… de todas maneras… no sé si quiero que lo hagas.

Un relámpago de dolor le atraviesa el rostro. Estira el brazo para acariciarme la mejilla.

—No puedes pedirme que permita esto. No lo haré.

De pronto me invade la confusión. Si puede ayudarme, ¿por qué no debería dejarle? ¿Es porque no quiero admitir que soy una doncella en apuros? ¿Qué valoro más, mi magullado y maltratado orgullo o mi libertad? ¿Qué reo se ha empeñado alguna vez en fugarse de la cárcel sin ayuda?

Pero por mucho que desee a Robert, no puedo evitar pensar que este afecto puede ser infinitamente más peligroso que la hostilidad de Dave.

—Quítate el vestido —repite—. Odio que te toque esa tela. Tengo la sensación de que así vestida él tiene la capacidad de agarrarte aunque esté lejos.

Quiero decirle que sí, que es como si me sujetara con un humillante abrazo.

Doy un paso atrás distanciándome del tacto de Robert. Continúo alejándome marcha atrás y Robert me sigue al ritmo que marco. Es un tango especial porque, en este caso, la que lleva la voz cantante es la mujer…, aunque solo sea durante unos pocos compases.

Nos guío hasta el comedor. La mesa nunca llegó a ponerse y estaría completamente vacía de no ser por la botella de vino sin abrir, que me recuerda los planes fallidos de Dave y mi pequeña victoria. Coloco la botella sobre una silla.

—Él no está aquí —digo mientras me levanto el dobladillo por encima de las caderas, el vientre y los pechos hasta que, con un mínimo esfuerzo, me deshago del vestido y me quedo de pie, totalmente desnuda, delante de mi amante—. No me está tocando. Nadie me tocará jamás sin que yo le invite a hacerlo. Si alguien lo intenta, pagará por su error. Pero vas a tener que dejarme que fije yo el precio. Yo. No tú.

Robert se me queda mirando. Sus ojos están hambrientos, pero su aflicción sigue patente. Aunque ya no la dirige hacia mí; ahora se la dedica a la noche, a esta parte desconocida de la ciudad en la que vive Dave, en la que toma decisiones sobre mi vida.

—No haré la vista gorda, Kasie. Yo no soy así.

Le oigo, pero no le presto toda mi atención. Estoy mirando la mesa. En la reluciente madera veo la noche que Dave había planeado para mí. ¿Hasta dónde habría llegado el juego si Tom hubiera cooperado? Y Asha, ¿hasta dónde pretendía empujarme? ¿Me tomaban por una debilucha?

¿Creían que renunciaría a mi poder con tanta facilidad?

—¿Me has oído, Kasie?

Ignoro la pregunta y desvío su energía hacia donde me interesa.

—¿Le gustaría tocarme, señor Dade?

Se le corta la respiración. Aunque sigue enojado, su enfado está cada vez más lejos, lo que le deja hueco para explorar pasiones más apremiantes.

—Te he hecho una pregunta —insisto recorriendo la mesa con los dedos.

Es un juego muy peligroso. No sé cuándo volverá Dave a casa. No sé lo que le hará Robert si aparece por aquí. No sé si esta será la escena que rompa mi mundo en pedazos. Lo estoy arriesgando todo a cambio de un momento de placer, a cambio de la celebración de una victoria efímera. Sin embargo, empiezo a pensar que la vida consiste en momentos pasajeros y pequeñas celebraciones. Sin eso, no nos quedaría más que dolor, miedo, ambición y, para unos pocos entre los que me incluyo, una esperanza ilusa.

—Quería que le sirviera a él y a Tom Love en esta mesa —le explico—. Quería que interpretara el papel de sumisa. Quería controlarme. No obtuvo lo que quería. Gané yo. ¿Me ayuda a celebrarlo, señor Dade? Sea mi invitado.

Al principio Robert no se mueve, pero cuando lo hace, sus movimientos son raudos: elimina la distancia que nos separa en cuestión de segundos y se quita la camisa para que nuestros cuerpos desnudos se unan en un abrazo sin que nada se interponga entre ellos.

—Quiero que me hagas tuya aquí —le susurro mientras sus dientes me rozan el hombro. Le quito el cinturón—. Quiero que me hagas tuya sobre la mesa en la que me negué a servirle.

—¿Estás segura?

—Sí —afirmo mientras su cinturón cae al suelo—. Sé mi invitado.

Entonces me levanta en volandas y me tumba sobre la mesa como si fuera un banquete que hay que saborear.

Se quita toda la ropa y le acerco a mí.

Sus músculos forman colinas y valles sobre su vientre. Sus brazos y sus muslos son igual de fuertes y atractivos. Esta es una perfección de otro tipo. Él también es una escultura, pero no es el *David* de Miguel Ángel. Está hecho de un material con mucha más vida que el mármol. Es como una canción con un ritmo animado y una melodía armónica a la par que ruda. Acerca su erección a mi cuerpo, otro descarado recordatorio de su vitalidad.

Se inclina hacia mí y recorre mi vientre con los dedos como si estuviera trazando las letras de la palabra… «sexo», «amor»; sus manos son tan veloces que es difícil apreciar la diferencia. Aspiro su aroma, mientras sus dedos continúan bailando en su ascenso hacia mi garganta, donde se quedan quietos, justo bajo mi barbilla.

Me analiza del mismo modo que contemplaría un eclipse: expectante pero atemorizado. En cualquier caso, sus dedos no se detienen; ahora bajan hacia mi pecho y acarician la zona que bordea un pezón y después el otro. Su tacto es tan diferente del manoseo intrusivo de Dave.

Además, a Dave le he parado los pies. Si intenta volver a tocarme, volverá a sentir el aguijón de mi rechazo. Conmigo no irá a ningún sitio. No por imposición ni a la fuerza. Él no es mi invitado.

Pero Robert si lo es. Mientras sus dedos viajan por las curvas de mi cintura y mis caderas, sus manos me separan las piernas con delicadeza hasta abrirme por completo. Siento cómo mi cuerpo reitera la invitación y la subraya con la humedad que moja mi entrepierna, con el ritmo errático de mi respiración. Me levanta la pierna para besarme el tobillo y continúa subiendo muy despacio. Cada beso es un poco diferente del anterior: aquí, donde comienza la cara interna del muslo, succiona; aquí, hace una parada en su viaje de ascenso para lamerme con la lengua y probar la sal de mi piel; y aquí, cada vez más cerca de mi núcleo, me besa con delicadeza, casi con inocencia, lo que contradice sus obvias intenciones.

Estiro los brazos para agarrarle del pelo e invitarle a que siga subiendo, pero no permite que le apresure. Deja que la anticipación me haga entrar en calor, antes de alcanzar su destino con la boca.

Y cuando lo hace, cuando siento cómo sus labios me envuelven el clítoris con un beso, entonces es cuando el queroseno alcanza de lleno las llamas. Me agarro a las esquinas de la mesa para que su solidez me sirva de ancla. De nuevo, aparecen en mi mente imágenes de lo que se suponía que iba a ocurrir aquí: yo, expuesta, sirviendo a dos hombres en contra de mi voluntad.

Sin embargo, las imágenes se rompen en pedazos en cuanto introduce la lengua dentro de mí, penetrándome. Después vuelve a sacarla para saborearme de nuevo. Me mete las manos bajo los muslos y me levanta para que los dos gocemos aún más con esta nueva postura.

Ya no veo imágenes. Estoy completamente ciega, y la ceguera potencia el resto de los sentidos: sus manos agarrándome las carnes me producen un éxtasis excepcional; los lametazos de su lengua son como descargas eléctricas de placer; el latido de mi corazón es un sonido atronador y bello.

Alcanzo un orgasmo increíble, como un champán de calidad superior saliendo propulsado de una botella.

Sin perder un instante, Robert me arrastra hacia delante. Mientras él permanece de pie, yo continúo tumbada sobre la superficie de roble pulido con las piernas rectas apoyadas en su pecho. Noto su erección junto a mis muslos, ansiosa por entrar. Levanto las caderas para facilitarle la incursión y sus manos acuden de inmediato en su ayuda para mantenerlas ahí arriba, lo que hace que mi espalda quede también en el aire.

Vuelve a penetrarme moviéndose despacio. Disfruto de la recompensa que me ofrece esta hipnosis de ritmo regular. En esto consiste sentir la belleza, experimentar el gozo.

Por un momento me parece oír la música que escuché en mi fantasía, pero no son más que nuestras respiraciones entrelazadas: sus gruñidos en perfecta armonía con mis gemidos de placer, mientras me penetra una y otra vez.

¿Y si Dave llega a casa? ¿Qué ocurrirá si ve a Robert haciéndome el amor en su casa, encima de la mesa en la que le he servido café, en la que esperaba que yo, su sumisa y perfecta esposa, me sentara junto a él?

Gritaría la noticia a los cuatros vientos. Se lo contaría a mi familia, a mis jefes, a todo el mundo.

Pero mientras Robert me mete caña, me doy cuenta de que me da igual.

Esta es mi rebelión. Ha salido el sol en plena estación de lluvias y no pienso perdérmelo.

Entonces cambiamos de baile. Me suelta y se aparta, dejándome tumbada sobre la mesa. Me siento confusa y desorientada. No estoy preparada para este final.

Y él tampoco. Me levanta de la mesa y me quedo sentada delante de él, mientras me observa. La intimidad de una mirada puede estar cargada de un tierno erotismo. Le abrazo con las piernas, cruzo los tobillos por detrás de su espalda y vuelvo a apoyar mi peso en las manos. El mensaje no puede estar más claro. Con un solo movimiento de caderas vuelve a penetrarme, pero esta vez llega más lejos. Suelto un grito cuando se inclina hacia mí y me mordisquea la oreja, antes de buscar con la lengua las zonas más sensibles de esa parte de mi cuerpo.

—No volverá a tocarte jamás —susurra acelerando el ritmo.

Tanto movimiento hace que la mesa se tambalee, pero es robusta y fuerte; más fuerte que las normas que una vez me impuse, más fuerte que las amenazas de mis enemigos, más fuerte que mi autocontrol, que se desmorona en cuanto veo aparecer a Robert.

—Soy el único hombre con el que volverás a hacer el amor. —Siento cómo mi cuerpo se echa a temblar, mientras mis músculos comienzan a contraerse—. Te haré el amor en su casa, en la mía, en tu despacho y en miles de camas por todo el mundo. Pero esto… —Y me penetra aún con más fuerza—. Esto es mío.

Vuelvo a gritar cuando otro orgasmo me desgarra por dentro. Y siento cómo se une a mí, siento cómo se corre dentro de mí, siento cómo se estremece al reclamarme de la única manera en la que un hombre puede realmente reclamar a una mujer.

Levanto la cabeza para mirarle a los ojos y logro decir entre gemidos: «Sí».

Nos aferramos el uno al otro durante minutos que parecen segundos… o días. Escucho su respiración, siento el latido de su corazón, huelo su colonia…

—Vas a correrte conmigo —dice.

No me está exigiendo nada. Tan solo esta exponiendo un hecho.

Le acaricio la nuca y, mientras contemplo las paredes blancas del comedor de Dave, me despido de mi prisión sin decir palabra.

Capítulo
9

Me visto con la misma ropa que me había puesto para ir a trabajar y, antes de salir con Robert de la casa de Dave, doblo con cuidado el ofensivo vestido y lo dejo en el centro de la mesa del comedor. Robert me da su aprobación asintiendo con la cabeza. No sabe que he dejado una nota bajo la desagradable tela. Un trocito de papel blanco con unas pocas palabras escritas en cursiva:

Haz lo que te plazca, pero yo no puedo más.
Tú añoras a la mujer que te fue leal, yo añoro al
hombre que era bueno.
Adiós.
Kasie.

Robert ha logrado disipar la niebla que se había formado en mi mente. Sentí cómo se filtraba por mis poros, cómo se mezclaba con el sudor del sexo y cómo se evaporaba después sin dejar rastro. Robert cree que voy a dejar que sea él quien me salve. Dave pensará que soy una imprudente. Los dos se equivocan. Sigo en pie de guerra. Pero ahora estoy preparada para luchar como un guerrero.

No obstante, hasta en tiempos de guerra hay momentos de paz; momentos en los que los disparos se oyen tan distantes que podrían confundirse con el estallido de globos. Siento esa efímera paz mientras nos alejamos en el Alfa Romeo de Robert, un coche que parece una obra de arte y que huele a poder. No hablamos. En lugar de eso, disfruto contemplando los movimientos que traza su mano en la palanca de cambios, aprecio la forma que tiene de acariciar el volante de cuero. Casi me entran celos del coche, por beneficiarse de ese tacto tan firme y afectuoso, pero mi turno no tardará en llegar.

Aunque ya he estado antes en casa de Robert, cuando cruzamos la verja de la entrada, cuando veo la ciudad entera a mis pies, salpicada de emociones e ilusiones en forma de destellos, no puedo evitar sentirme un poco alarmada ante la imponente vista. Me guía hacia el interior de la casa y me doy cuenta de que me siento extraña y un poco cohibida. La última vez que estuve aquí hicimos el amor una y otra vez en su gigantesca cama, pero después estuvimos charlando un buen rato. Fue tan agradable. Me hizo sentir tan cómoda. Me pregunto si espera que sea capaz de volver ahora a ese dormitorio. Obviamente, no puedo. Todavía no.

Parece entenderlo o quizá le baste con ver el rubor en mis mejillas para darse cuenta de que necesito que me trate con delicadeza. Con un gesto que roza la formalidad, me señala el sofá de cuero marrón oscuro, antes de salir del salón para traerme algo de beber.

Me siento con rigidez preguntándome si traerá una copa de whisky escocés, la peligrosa bebida que fue el detonante de toda esta situación.

Pero hoy necesito mantener la cabeza despejada. La batalla está demasiado cerca para permitirme semejante indulgencia.

Cuando Robert regresa con un tazón color verde, huelo el aroma a chocolate caliente y cojo el tazón con impaciencia para probar con entusiasmo su sabor agridulce. Es una bebida tan inocente que me pregunto si me la merezco. Pero espero que sí. Espero absorber parte de esas cualidades dulces e infantiles. Quiero sentir un ápice de inocencia.

Robert se sienta a mi lado.

—Mañana hablaré con Dave.

—No —respondo a secas—. Esta es mi lucha.

—Love dice que quizá Dave intente usar nuestra aventura para que te despidan.

Me quedo pensando en la frase. Tom Love es el único "amor" capaz de decir algo práctico.

—No permitiré que eso suceda —prosigue Robert—. Ni siquiera a Freeland se le ocurriría dejar de hacer negocios conmigo por lealtad al capullo de su ahijado.

—Asha también lo sabe —le digo.

—¿Asha?

—La conoces. Está en mi equipo.

Robert se encoge de hombros, sin entender la relevancia que puede tener esa mujer.

—Da igual lo que sepa. ¡Como si lo sabe todo el mundo! Eso no afectará a tu puesto de trabajo. Yo...

—¿Tú te encargarás de eso? —digo acabando su frase con un tono más duro del que pretendía. Es inútil. No puedo interiorizar la dulzura del chocolate, solo su amargor. Miro el oscuro interior de la chimenea—. Se cree que conseguí el trabajo acostándome con Dave, el capullo del ahijado con quien tienes tantas ganas de enfrentarte.

—¿Y? —pregunta Robert sin entender aún cuál es el problema.

—Y ahora cree que la única razón por la que conservo mi trabajo es porque me estoy acostando contigo.

Un brillo de comprensión irrumpe en sus ojos.

—¿A quién coño le importa lo que piense la gente, Kasie? Ellos no importan. Solo importamos tú y yo.

—Si eso fuera cierto, el mundo sería de otra manera. Si eso fuera cierto… —Mi irritación va en aumento con cada palabra que pronuncio—. Seríamos dioses. Osiris e Isis. Zeus y Hera…, aunque eso tampoco es exactamente así, ¿verdad? Al fin y al cabo, hasta ellos tenían que prestar cierta atención al resto de deidades.

—¿Estás enfadada conmigo?

Casi le digo que sí, pero entonces me doy cuenta de que no es verdad. No del todo.

—Estoy enfadada porque quiero que todo sea tan sencillo como tú dices que es, y estoy enfadada porque no puede ser así. Es por mi culpa. No soportaría ser la puta de la oficina. Para desempeñar mi trabajo necesito que me respeten. Hasta para respirar necesito respeto.

—Te respetarán cuando muestres tu capacidad. Basta con verte trabajar para saber que tienes el puesto que mereces.

—Pero no me verán a mí. Solo verán lo que he hecho y adiestrarán su mirada para ver a la puta que Dave y Asha aseguran que soy.

—Tom Love te conoce y sabe que no eres así.

—¿Y seguirá en ese puesto toda la vida? ¿Será siempre mi jefe? ¿Puedes prometerme eso?

Robert se reclina en el sofá y me absorbe con la mirada.

—Sí que puedo. Puedo asegurarme de que Tom jamás reciba incentivos que le motiven a dejar su puesto. Puedo darle al mundo entero la forma que desees. Para mover las palancas de la industria las únicas monedas que necesitas son dinero y poder. Yo tengo las dos. Déjame que te compre algo de tranquilidad.

Me entran ganas de echarme a reír. Va a hacer que llueva y Tom, como si fuera un *stripper*, va a tener que arrodillarse para recoger los billetes que caen del cielo. Supongo que Robert esperaría lo mismo de cualquier persona a la que le tirara dinero. Quizá algún día también espere eso de mí.

Pero no puede comprar la aprobación de mis padres. No puede comprar el respeto de mis compañeros. Lo único que puede hacer es incentivarles a ocultar sus verdaderos sentimientos. Siempre sabré lo que cuchichean a mis espaldas. Además, no puedo permitirle a Robert que estanque la carrera de Tom. Llegará un momento en el que tenga otro jefe; un hombre o una mujer que se preguntará qué será lo próximo que esté dispuesta a hacer para lograr el siguiente ascenso. Tendré clientes que darán por hecho que pueden juguetear conmigo en las reuniones, que pueden exhibirme en salas de juntas repletas de hombres cachondos con ganas de tirarse a la mujer que se prostituye para avanzar en el mundo empresarial, a la mujer que ofrece favores sexuales como si fueran tarjetas de visita.

Robert no tiene un pelo de tonto. Si se parara a pensar, se daría cuenta de lo imposible que es lo que dice. Pero no está pensando con la cabeza, sino con el corazón. Dice que quiere cambiar el mundo de forma y, a estas horas de la noche, no mucho después de haberme hecho el amor en la mesa del comedor de otro hombre, está convencido de que es capaz de hacerlo.

Mañana la realidad se alzará con el sol. Pero como es probable que eso no ocurra esta noche, me trago mi pesimismo con el chocolate y poso la mano en su rodilla con delicadeza.

—Estoy cansada —digo—. Llévame a la cama.

Quizá el chocolate caliente sí que haya conferido cierta inocencia a la noche porque, por primera vez, Robert y yo nos metemos juntos a la cama sin sumergirnos en el océano de energía sexual que siempre hay entre nosotros. Me da una camisa suya para que me la ponga y nos hacemos un ovillo bajo las sábanas. Ahora está dormido y respira a un ritmo regular que se me antoja balsámico, lo que alivia mi ansiedad. Por un instante, casi llego a creerme todas sus falsas promesas. Tomo por verdad que puedo estar a salvo aquí, en sus brazos, dentro de este palacio lleno de lujos capitalistas. ¿No es esto a lo que siempre he aspirado? ¿Seguridad, riqueza, éxito?

Sí, pero quiero que sean reales, no meras fachadas. Quiero que sea yo la que logra el éxito. No puedo compartir los sueños de Robert si no persigo los míos. A regañadientes vuelvo a pensar en Dave. Ahora me doy cuenta de que mi relación con él nunca fue auténtica, pero también entiendo por qué resultaba tan atractiva. Sus sueños parecían encajar a la perfección con los míos. Parecíamos complementarnos el uno al otro. Él tenía contactos más interesantes, pero mi formación era seguramente mejor. Sí, él había cursado la carrera de Derecho en la Universidad de Notre Dame, pero yo había estudiado Administración y Dirección de Empresas en la Universidad de Harvard y ningún licenciado de Harvard aceptará jamás que otro centro ofrezca una formación mejor que la que él o ella ha recibido, digan lo que digan sobre Yale los informes de *US News & World Report*.

Lo que nos mantuvo unidos tanto tiempo fue que compartíamos los mismos objetivos en la vida. Los dos queremos respeto. Él ansía que le respeten en la esfera de antiguas fortunas en la que los hombres de su familia siempre se han movido y yo tan solo quiero que me respete mi familia y el mundo empresarial. Yo he tratado de alimentar y refinar mi autodisciplina, mientras que él ha insistido en controlar lo externo: su casa, su círculo social, y a mí. Yo tengo miedo al fracaso, al rechazo y también a mis propios impulsos; él tiene miedo a la impotencia, al ridículo y a la inmoralidad temeraria de esta ciudad.

Sonrío en la oscuridad. Me quedo pensando en esta última idea. La clave de todo está precisamente ahí. Para lograr el respeto de quienes frecuentan el club masculino al que pertenece Dave —una élite de superioridad arraigada y cuotas prohibitivas— es necesario seguir sus normas. Me imagino las salas oscuras que conforman esa sociedad que oficialmente acepta a mujeres, pero que jamás les hace sentir bienvenidas. Veo a esos hombres de pedigrí fumándose puros con la manicura recién hecha. Les oigo conversar entre susurros. En ese mundo a nadie le avergonzaría admitir que ha condenado a una mujer a la sumisión. Es más, Dave podría hasta regodearse contando lo que me ha hecho. Lo que sí que les avergonzaría es que les robasen a la mujer. Les avergonzaría que les abandonasen. Dave me está pidiendo que me humille a cambio de su silencio, pero yo todavía no le he dicho el precio que tendrá que pagar por el mío.

Sé lo que quiere Dave y también sé de qué tiene miedo. Por tanto, sé cómo hacerle daño.

Con cuidado, me zafo del firme abrazo de Robert. Se revuelve en la cama y se despierta lo suficiente para ver que me estoy levantando, pero no tanto como para preguntarme a dónde me dirijo. Voy de puntillas hasta mi bolso, saco el móvil y leo el mensaje que sabría que tendría.

¿Dónde coño estás?

Es de hace una hora. Hay otro de veinte minutos después.

Kasie, en serio, ¿dónde estás?

Y diez minutos más tarde:

Sé que estás disgustada. Tenemos que hablar. Responde, por favor.

Sonrío. Mi puntería está mejorando.

Oigo que Robert vuelve a cambiar de postura bajo las sábanas, pero su respiración no tarda en recuperar el ritmo apacible del letargo. Me meto en el aseo con el móvil. Cierro la puerta y presiono el interruptor. Tengo que parpadear unas cuantas veces para acostumbrarme a la luz. El baño tiene un tamaño similar al de mi primer piso. Hay una bañera encastrada con chorros de agua, un espacioso plato de ducha con una mampara transparente, un espejo que ocupa prácticamente una pared entera… No puede ser más lujoso.

Entonces veo mi reflejo. Mi pelo cae como un remolino de ondas sobre los hombros; el maquillaje de los ojos, que no me he quitado como es debido antes de acostarme, se me ha corrido un poco, lo que me otorga una mirada desaliñada y sensual. Tengo el mensaje de Dave en la mano y llevo la camisa de Robert. ¿Quién es esta mujer?

«No conozco a esta mujer», me dijo.

Y yo le respondí: «Yo sí la conozco. Pero no sé dónde se ha metido».

Me quedo mirando el teléfono. Es lo único que me resulta familiar en este momento. Tiene mis fotos, los números de mis contactos, e-mails antiguos, etcétera. Está repleto de recuerdos de la vida que he destruido. La vida que he destruido por el hombre cuya camisa llevo puesta.

Los caminos del diablo son inescrutables.

Pero no puedo seguir dándole vueltas a esto o me volveré loca. Así que le escribo una respuesta a Dave.

Sí, deberíamos hablar. Nos vemos antes de tu partido de squash de mañana. Por la tarde, en el restaurante que está al lado de tu club.

Le doy a «Enviar» y espero. Un minuto. Dos. Entonces recibo la respuesta.

No hace falta que vayas hasta allí. Podemos vernos cerca de tu oficina.

Sonrío. Me acaba de enseñar sus cartas, de confirmar todas mis sospechas. Vuelvo a mirar al espejo; hay un detalle que sí reconozco de la mujer que me está sonriendo: su inteligencia.

No, quedamos junto a la pista de squash. Es más fácil.

Esta vez apenas tarda unos segundos en responder.

¿Tienes tu coche? ¿Cómo irás hasta allí?

Se ha colocado la diana en el corazón y cargo la pistola.

Se han ofrecido a llevarme.

Me río al enviar este último mensaje, pues sé de sobra las imágenes que se le estarán pasando a Dave por la cabeza: me ve entrando en el restaurante delante de todos sus amigos con Robert Dade a mi lado; un hombre más fuerte, con más éxito y mucho más guapo que él; un hombre que le supera en todos los aspectos que importan. Se siente un cornudo cuando nos sentamos frente a él y la mano de Robert se posa sobre la pierna de la mujer de la que una vez presumió.

En esta escena el humillado es él.

Se trata del equilibrio de amenazas. Esta teoría de un reputado profesor de Harvard es una idea tan sencilla que es preciosa: el comportamiento de cada país quedará determinado por la amenaza que perciba de otras naciones. La gente no sabe valorar la genialidad de esta teoría porque se fijan en la palabra equivocada: «amenaza». Las amenazas son finitas. Y muchas veces basta con advertir que se trata de un farol para que desparezcan sin dejar rastro. La clave de la cuestión está en la palabra «percibir». La percepción lo es todo. A mí no me interesa amenazar a Dave de manera explícita, como ha hecho él; yo lo que quiero es que, sin necesidad de decirlo, mis mensajes transmitan amenazas de forma implícita. No he dicho en ningún momento que el que me va a llevar al club sea Robert. No he dicho en ningún momento que me pavonearía con él delante de sus amigos. Quiero que su imaginación haga el trabajo por mí porque los demonios que llevamos dentro siempre nos afectan mucho más que los que vienen de fuera.

Al final responde con un mensaje cargado de miedo y frustración:

No quiero que quedemos en el club.

Respiro hondo antes de convertir ese miedo en un ataque de pánico.

Mañana estaré en el club a las 17.45. Si no te veo, les preguntaré a tus amigos dónde puedo encontrarte. Estoy convencida de que, si les explico la situación, me ayudarán. Tienes razón, tenemos que hablar.

Cuando leo su respuesta, me imagino cómo sería si la hubiera escrito a mano: los trazos serían irregulares y temblorosos y el folio estaría manchado de sudor. Su mensaje dice:

Te veré en el restaurante. Me sentaré en una mesa del fondo. Por favor, mantengamos esto en privado. Es algo que nos incumbe a los dos, solo a nosotros dos.

No respondo a este último mensaje. Si lo hiciera, tendría que corregir su error. No se trata solo de nosotros, ni mucho menos. Se trata de algo mucho mayor. Son los conceptos y las percepciones; el poder y el dolor. Se trata de la línea que separa una venganza justa de un revanchismo insultante. Se trata de la victoria o la derrota.

Se trata de la guerra.

Sonrío y apago las luces. La tenue luz de la noche me ilumina el camino hasta la puerta. Cuando la abro, me encuentro frente a frente con la oscura silueta de Robert; desnudo, robusto, con el contorno perfilado por la luz nocturna. Me mira la mano.

—¿Es un poco tarde para llamar por teléfono, no?

—Estaba mirando el e-mail —respondo.

—Qué mentirosilla más seductora estás hecha —comenta con cariño.

Abro la boca para defenderme, pero finalmente prefiero preguntar:

—¿Debemos contarnos todos los secretos?

—No, me gusta mantener un poco de intriga. —Entra en el baño y me agarra el rostro con las manos para que no me mueva—. No me empeño en saberlo todo.

—Qué amable por tu parte —comento con un toque de burla y una fuerte dosis de deseo.

Cierro los ojos al sentir su mano acariciándome el cabello.

—Ríete lo que quieras, pero hay cosas en las que no me empeño.

Vuelvo a abrir los ojos. Sigue estando oscuro y no percibo los detalles de su rostro, lo que le hace resultar misterioso. Levanto la mano para palpar sus rasgos.

—Me empeño en que estés a salvo —dice dejando caer las manos hacia mis muslos y después subiéndolas por la curva de mi trasero—. Me empeño en disuadir a quienes te intentan hacer daño.

Sus manos siguen subiendo por mi cuerpo y se detienen en mi cintura. Con un movimiento brusco me levanta del suelo y reacciono instintivamente abrazándome a su cintura con las piernas. Veo cómo brillan sus ojos color avellana en la penumbra.

—Tengo un plan —le digo—. Nadie me hará daño. Tu amante es una guerrera.

—¿Lo eres? —pregunta—. Quizá a mi guerrera le apetezca acompañarme a la ducha…

Me apoya sobre una repisa, me desabotona la camisa y me la quita con rapidez. Hacerlo en la ducha a la una de la madrugada es muy poco práctico.

Pero estamos inmersos en las olas que provocan nuestros impulsos y, en lugar de ahogarme, nado.

Abre la mampara, me guía hacia dentro, abre el grifo y me atrae hacia él con un beso. Mientras el agua resbala por nuestros cuerpos, siento su mano apoyada en la parte baja de mi espalda y noto cómo se le pone dura.

Me aparto y sonrío.

—Tu guerrera tiene hambre —digo.

Me arrodillo. Le beso la cadera y rozo con los dedos la punta de su erección.

—Kasie —gime.

La polla se mueve ligeramente.

—¿Es para mí, Robert? —pregunto—. Parece impaciente.

Esta vez recorro con el dedo índice la vena que une la base con la punta y continúo moviéndolo arriba y abajo, jugando con su deseo para atormentarle.

—Estás hecha para mí —jadea.

—Quizá. O puede que sea al revés.

Vuelve a cogerme del pelo y me empuja ligeramente. Alzo la mirada para encontrarme con la suya.

—Kasie —gime—. Ya.

Pronuncia esa palabra de una forma… que no deja lugar a réplica. Transmite tal autoridad que casi me resulta impertinente.

Y hace que me entren ganas de obedecerle de inmediato. Le envuelvo con los labios y me la meto entera en la boca, mientras sujeto la base con una mano y con la otra toco esa zona entre las piernas que le hace estremecer. Le oigo gemir sin descanso mientras muevo las manos y la boca al unísono: adelante y atrás, arriba y abajo. El agua caliente le hace brillar la piel y tiene los músculos de los muslos en tensión. Me detengo un momento para volver a recorrer la punta con la lengua antes de devorarlo entero. Todo está resbaladizo y húmedo; y es absolutamente maravilloso.

Me doy cuenta de que está a punto de perder el control y con cierta reticencia dejo que se aparte. Me pone de pie y vuelve a besarme con delicadeza, antes de darme media vuelta y empujarme para que me incline. Estiro los brazos y pongo las manos en el suelo.

Me llega tan dentro que el placer y la sorpresa me hacen gritar. El agua me baja precipitadamente por la espalda y el pelo, mientras él me agarra de las caderas para embestirme una y otra vez. Incluso cuando está dentro de mí le ansío desesperadamente y es ese anhelo lo que me arrastra tan rápido hacia el éxtasis. El orgasmo estalla con tanta fuerza y rapidez que me tiemblan las piernas de placer. Pero Robert me sujeta con firmeza sin dejar de embestirme una y otra vez. Gimo convencida de que no tardará en correrse, pero entonces se detiene.

—No —dice entre jadeos—. Quiero verte.

Me suelta y me pongo de pie. Espero a recuperar el equilibrio antes de girarme hacia él.

Ver a Robert mojado es algo indescriptible. Con una elegancia que no sabía que tenía, levanto una pierna y me abrazo con ella a su cadera para apoyarme en él.

—Ya —le digo.

Y no tarda un instante en volver a penetrarme. El chorro de agua caliente nos golpea la piel con delicadeza mientras nos besamos. Se mueve dentro de mí, me sujeta la pierna con una mano y con la otra me toca el culo. Tengo las tetas aplastadas contra su pecho. Estamos entrelazados, conectados de todas las maneras posibles. Mantengo los ojos cerrados para sentir con mayor intensidad el agua, el éxtasis y a él. Es una lucha entre la codicia y la indulgencia. Mientras desliza su lengua por la mía y me embiste una y otra vez, gimo totalmente entregada al placer.

Acelera el ritmo.

—Mi guerrera —susurra entrelazando su aliento con el mío.

—Siempre —respondo.

Estalla en mi interior, mientras el agua se precipita sobre nuestros cuerpos desnudos. En ese momento soy la guerrera más feliz del mundo.

Capítulo
10

Cuando me despierto a la mañana siguiente, está sentado a mi lado contemplándome. Tardo en recordar dónde estoy y que vuelvo a llevar puesta su camisa. Siento la leve presión de sus dedos sobre la cadera; entre su piel y la mía tan solo hay una fina sábana.

—No tienes por qué irte —dice con delicadeza.

No entiendo bien lo que quiere decir. ¿Se refiere a un sitio concreto o está hablando de algo más importante? ¿Será una declaración de lo que somos y de lo que podemos ser?

Pero no tarda en bajarme los pies a la tierra con una aclaración que me inquieta.

—Hoy podrías trabajar desde aquí. No necesitan que estés en la oficina. Hablaré con Love, puede que Freeland...

—No puedo permitirte hacer eso —le interrumpo.

Se esperaba esa reacción por mi parte. Lo sé por el tono que ha empleado; en esa melodía apenas había unas notas de esperanza: como si el sonido de los violines quedara oculto bajo los sonidos metálicos de la resignación.

—Ya te lo expliqué anoche: no me quedaré de brazos cruzados mientras te maltrata. Me niego a vivir así.

Me detengo para analizar la frase. Se niega a vivir así.

Hay algo revelador en esa frase…, pero no logro identificar el qué.

—Puedo derrotarle —digo dejando de lado esos pensamientos—. Soy más fuerte que Dave. Y más inteligente. Puedo derrotarle.

—No si juegas obedeciendo las normas de siempre.

Incómoda, cambio de postura en la cama y me bajo la sábana hasta la cintura.

—¿No crees en las normas?

Pienso en mi hermana; la recuerdo bailando sobre una mesa, despojándose de la ropa tal y como hacía con muchas de las restrictivas convenciones sociales.

Robert sonríe y dirige la mirada a la ventana; el puerto de entrada de la brumosa luz de la mañana.

—Hay muchos refranes sobre la victoria: solo ríe el que gana, la historia la escriben los vencedores, etcétera. Pero en realidad la única recompensa de la victoria que de verdad vale la pena es que el ganador crea las normas. Creo en las normas, Kasie. Creo en ellas porque en mi mundo yo soy el ganador. Soy yo el que las dicta. En lo que no creo es en jugar la partida de la vida siguiendo las normas de otros.

La arrogancia de sus palabras basta para despertarme del todo. Le veo con más claridad. ¿Qué supone ser el jugador que determina la partida? Yo no lo sé. Dave tampoco. Tardé día y medio en encontrar la manera de librarme de la tiranía de Dave. Hoy, a las 17.45, espero tener la situación un poco más controlada. Con Asha será más difícil: mientras espera la hora propicia, estará preparando sus armas y me golpeará cuando esté más desprotegida. Pero Robert Dade es diferente. Domina el mundo de un modo que yo ni siquiera llego a comprender del todo y me temo que, si cedo a sentir por él lo que él quiere que sienta, me dominará a mí también. Y el peligro reside en que, tratándose de Robert, puede que yo ni siquiera busque un modo de escapar.

Me perderé a mí misma.

Como ahora, por ejemplo. ¿Ves la forma que tiene de mirarme? Igual que un jaguar mira a una hembra. Sin emitir sonido, ruge por mí. ¿Cuánto le ha costado que me olvidara de mis tantos reparos y reservas? ¿Cuánto le ha costado que lo arriesgara todo por él?

Noto un cambio en el ambiente. Coge la sábana y la retira con cuidado. Ahí estoy yo con su camisa y el pelo suelto cubriendo la almohada. Percibo su frustración mezclada con un intenso anhelo. Es un cóctel peligroso.

Me siento en la cama apartándome de él.

—Tengo que ir a casa a cambiarme de ropa. ¿Me llevas o llamo a un taxi?

Algo se tensa entre nosotros. Su boca hace una leve mueca al tragar el instinto de dar órdenes.

—Te llevo.

Se levanta y sale del cuarto. El no intentar controlarme es un ejercicio de autocontrol. Pero me pregunto cuánto durará.

* * *

Una hora después aparca delante de mi casa. Mi coche no está aquí, sino en el aparcamiento subterráneo del edificio de oficinas en el que trabajo. Pero no menciono ese inconveniente. No quiero arriesgarme a que le vea alguien llevándome al trabajo. Ya encontraré una solución yo solita. Igual que yo solita he encontrado mis propias tácticas de batalla.

Me giro hacia él, en parte dubitativa, en parte esperanzada.

—Tengo un plan... que ya he puesto en marcha.

—Muy bien —dice dando su aprobación aunque aún no ha escuchado ni un solo detalle.

—Para que funcione necesito tu presencia. Necesito que vengas a este restaurante. —Saco una de mis tarjetas de visita y, antes de entregársela, apunto el nombre y la dirección—. He quedado allí con Dave después del trabajo.

Su sonrisa se amplía ligeramente.

—¿Quieres que vaya?

—Sí —confirmo—, sobre las seis. Para entonces Dave y yo ya habremos llegado. Quiero que te acerques a la mesa a saludarnos y después te sientes en otra mesa. Da igual dónde.

—¿Quieres que pase desapercibido?

La pregunta tiene un trasfondo cómico. Dudo que Robert haya pasado desapercibido en la vida.

—No, lo que quiero es tenerte cerca, pero en otra mesa. No será mucho rato. A los quince minutos de tu llegada debería estar saliendo del restaurante, sola. Tan solo necesito que Dave sepa que estás ahí… como refuerzo.

Que perciba la amenaza.

Robert asiente con la cabeza, la idea le interesa en seguida.

—A las seis en punto. Allí estaré. Pero te digo una cosa, Kasie, si se le ocurre levantarte la voz, no me quedaré sentadito en mi mesa. Tendrá que vérselas conmigo. Y se arrepentirá.

Vacilo. Si este mensaje saliera de la boca de otro hombre, transmitiría la probabilidad de una disputa física; una pelea de taberna, por así decirlo. Pero no creo que Robert se refiera a eso. Me muero por ganar esta guerra con Dave, pero no quiero aniquilarlo. Quiero que reconstruya una vida sin mí. Es más fácil para el vencedor cuando el derrotado tiene escapatoria.

Pero si Robert interviene, si se ocupa de esta situación a su manera, no creo que Dave tenga esa oportunidad. No creo que Robert luche con la elegancia de un caballero ni que siga las civilizadas normas que rigen las batallas. Sospecho que lucha como una potencia colonial: diezmando a la población que ocupa el territorio que él desea hacer suyo. Si gano esta guerra a mi manera, Dave me perderá a mí. Si ganamos a la manera de Robert, Dave lo perderá todo.

—No me levantará la voz —digo con cuidado—. Basta con que te vea allí.

Robert asiente con la cabeza y me llevo su mano a la boca para besarle la palma.

—Gracias —le digo.

Sus ojos me recorren el rostro, el cabello, el cuello… Siento un inoportuno escalofrío al preguntarme excitada cómo acabará esto. No hay tiempo para caricias, pero en el fondo sé que, si insistiera, si tratara de hacérmelo aquí mismo, en su coche, delante de mi casa, a la vista de vecinos y amigos, quizá no pudiera resistirme, aunque una parte de mí quisiera.

Pese a que la idea me aterra, también me entusiasma. ¿Cómo puede ser? ¿Cómo puedo pelear con uñas y dientes por ser libre y que luego me tiente el hecho de estar en cautividad?

—Entra en casa y cámbiate —dice antes de inclinarse hacia mí para besarme con suavidad en los labios. Tras un momento se aparta—. Te veo a las seis.

Noto cómo me observa mientras me dirijo a casa y le oigo arrancar el coche cuando entro.

Mientras subo las escaleras, mi mente se distrae rememorando mi clase de filosofía en la universidad. La cita favorita de mi profesor era de Lao Tse: «Dominar a los otros es cuestión de fuerza. El dominio de uno mismo es el verdadero poder».

A una pequeña parte de mí le preocupa que Robert Dade tenga la fuerza de arrebatarme el poder.

Capítulo
11

Tras un breve trayecto en taxi, entro en la oficina con una confianza renovada; me he guardado las preocupaciones sobre mi relación con Dave en el bolsillo de atrás y prácticamente me he olvidado de dónde las he metido. Hoy las cosas son como yo decido. He elegido mis armas, he seleccionado mi objetivo. Tengo un plan. Estoy lista para afrontar el día.

Los miembros de mi equipo me han enviado sus informes individuales. Barbara los ha imprimido y los ha dejado sobre mi mesa. Es evidente que se han esmerado. Sus informes son ahora más completos y precisos. Nuestro objetivo es ayudar a Robert a posicionar su empresa para abrirla al público y, ahora que analizo las cifras y las estrategias de cada uno de sus departamentos en estos detallados informes, me doy cuenta de lo bien que encaja todo. La clave de mi trabajo consiste en saber en qué centrarse. Siempre hay más cifras de las que necesitas, problemas que no exigen una respuesta inmediata y otros que requieren una atención prioritaria. Sin embargo, una vez que determinas qué es importante y qué puede esperar, cuando logras mirar a través de una especie de visión túnel que te permite bloquear el ruido de fondo y concentrarte en el único instrumento que necesita afinación, entonces el trabajo está prácticamente hecho. Ya lo tengo: sé qué plan de *marketing* funcionará mejor; veo el camino.

«Veo el camino». Ese será sin duda el mantra de hoy.

Dedico la primera mitad de la jornada a unirlo todo en un solo informe que entregaremos a Robert.

Tom entra en mi despacho. Como de costumbre, ni llama a la puerta ni permite que Barbara me comunique su llegada. Mi ayudante está detrás de él con una mirada de derrota que parece pesarle en la cara. Como de costumbre, le hago un gesto con la mano para indicarle que no tiene importancia y se marcha, cerrando la puerta sin hacer ruido para dejarnos a solas.

Se sienta enfrente de mí y recorre mi atuendo con la mirada. Mi traje de hoy es más recatado que los que me he puesto últimamente. Pantalones beis de una tela suave, una chaqueta torera de un color similar y camisa larga de satén de color plateado. Lo he complementado con un pañuelo largo de seda que he colocado estratégicamente alrededor del cuello de modo que la única piel que queda a la vista son mis manos y mi rostro. Pero sé que no es lo que está viendo Tom. Tom está viendo el vestido que llevé anoche y todo lo que exponía.

Bajo la mirada a la mesa y me retuerzo ligeramente en la silla; al momento me maldigo por hacerlo. No quiero que me recuerden esa tortura.

—¿Está listo el informe de Maned Wolf? —pregunta Tom.

Sorprendida, vuelvo a mirarle. No era el tipo de pregunta que esperaba.

—Acabo de enviaros la última versión a ti y a mi equipo. Dentro de una hora me reuniré con ellos para decidir quién presentará cada una de las partes del plan.

—¿Es eso lo que quiere?

—¿Quién? —pregunto confundida—. ¿Rob...?, digo..., ¿el señor Dade? Por supuesto que es lo que quiere. Para eso nos ha contratado.

Tom eleva una ceja. La pregunta que no es necesario que formule retumba en mis oídos. ¿Para eso nos ha contratado? ¿O lo hizo para reclamarte?

Esta pregunta muda me recuerda a otras frases más duras que sí me han dicho.

«Las prostitutas se acuestan con hombres a cambio de dinero».

Fueron las palabras de Asha. Cierro los ojos tratando de expulsarlas de mi cabeza. Ni siquiera sabía quién era cuando le conocí. Actué mal, pero mis motivaciones fueron físicas, emocionales..., jamás económicas.

—¿Quiere que le presente el informe todo el equipo o solo tú?

Abro los ojos.

—Habíamos quedado en que fingiríamos que no sabes nada de... de mi relación con el señor Dade.

—Ya, bueno, lo he estado pensando y, si él me pide que finja, lo haré porque, al fin y al cabo, se trata de hacer lo que él quiere.

—¿Te estás riendo de mí?

Tom inclina la cabeza hacia un lado. No se esperaba esa pregunta.

—¿Por qué iba a reírme de ti? Me caes bien y te respeto, aunque mi definición de «respeto» puede que no coincida con la tuya. Yo respetaría a un traficante de drogas, siempre y cuando hiciera bien su trabajo.

—No tienes moralidad.

Dicha acusación no le afecta en absoluto.

—Mira, Robert es nuestro cliente más importante. Quiero todos los proyectos de Maned Wolf, y todo el dinero de Maned Wolf, que podamos abarcar. Sé que para lograr eso te necesito a ti, pero también necesito que le hagas feliz.

—¿Me estás diciendo en serio que me lo tengo que follar? —le suelto.

La blasfemia acude a mis labios con una facilidad excesiva.

Se ríe.

—Por supuesto que no. Eso sería… ¿Qué palabra utilizarías tú? —Chasquea los dedos varias veces como si tratara de recordarla—. ¡Ah, sí, inmoral! No, no digo que te lo tengas que follar. Digo que tienes que seguir follándotelo.

—Te estás pasando.

—No sé a qué te refieres… —Sacude la cabeza y su sonrisa se evapora—. Tan solo te estoy pidiendo que hagas lo que quieres hacer.

—Y haré lo que quiera hacer —le corto tajante—. Pero no tienes ningún derecho a esperar eso de mí.

—¿En serio? —Se inclina hacia mí. Mi teléfono suena dentro del bolso, pero lo ignoro—. Dime, Kasie, ¿te gusta tu trabajo?

No contesto. Sabe de sobra la respuesta.

—¿Te parece justo que espere de ti que hagas tu trabajo?

—Eso es diferente —respondo viendo la trampa que quiere tenderme.

—¿Lo es?

Se le ve relajado, confía en su argumentación.

—Te gusta tu trabajo y yo espero que lo hagas. ¿Te gusta follarte a tu cliente? Pues espero que eso también lo sigas haciendo. Y sí, puede que haya aspectos de tu trabajo y de tu aventura que te resulten obscenos. Tareas que te parezcan degradantes. Así es la vida. Acostúmbrate.

El viento cambia de dirección y modifica mi actitud. Se supone que Tom es mi aliado, pero, si cambia de bando, estoy más que dispuesta a enseñarle los dientes.

—¿No fuiste tú quien me advertiste de lo que ocurrirá si el señor Freeland se entera de lo mío con el señor Dade? —pregunto—. Dave lo sabe, Tom. Tú lo sabes mejor que nadie. Deberías estar animándome a buscar un final discreto a esta aventura para que todos podamos salir ilesos.

—Kasie, yo saldré ileso pase lo que pase. Si te echan, es una putada para mí. Una gorda. Eres una consultora excelente y, sin lugar a dudas, la mejor analista de la empresa. Hay posibilidades de que me asciendan el año que viene y, en tal caso, tú serás en parte responsable de ello, por lo que es probable que te ofrezcan mi puesto. Pero los imperios nacen con la misma facilidad con la que caen. Se derroca a reyes y reinas y se les remplaza con otros; otros que no tienen el mismo título y que llevan coronas distintas, pero que son exactamente igual de despiadados que sus predecesores. Al final todos somos remplazables.

Oigo risas en el vestíbulo, bulle la actividad.

—¿Estás amenazándome con el despido? —pregunto.

—No digas tonterías. —Los ojos de Tom recorren el despacho distraídos—. Mi único objetivo es mantener esa cuenta. Estoy seguro de que el señor Dade te ha dicho que habló conmigo anoche.

—Así es.

—Él se encargará de Freeland, de Dave y de todo —explica prestándome de nuevo atención—. Y si Freeland tiene algún problema con las condiciones que impone el señor Dade, bueno, al fin y al cabo no es más que uno de los fundadores. El señor Dade sabrá presionar a quien tenga que presionar. Tú mantendrás el trabajo siempre y cuando mantengamos la cuenta y, por consiguiente, no cabe la menor duda de que te interesa hacerle feliz.

Mis dedos recorren el tablero de la mesa. A mis ojos tiene la misma importancia que un trono. Yo me he ganado este puesto. Dave me consiguió una entrevista, no el trabajo. Me merezco el encargo que Robert me ha hecho, aunque él no lo supiera cuando lo hizo.

—El señor Dade y yo hemos hablado de esto —le explico—. No «se encargará» de nadie. Lo haré yo. Esta es mi batalla y pienso luchar sola.

Tom permanece impertérrito, su cara ni se inmuta. La única señal de su frustración está en la manera que tiene de apretar el reposabrazos de la butaca; lo hace con tanta fuerza que las yemas de los dedos se le quedan blancas.

—No es una decisión acertada, Kasie.

—Es la decisión que he tomado. He quedado esta tarde con Dave. Mañana habrá dejado de ser un problema. Freeland no tendrá motivos para atacarme. Todo estará solucionado.

—¿Y si las cosas no salen como tú esperas?

Presiono los labios para crear una raya de rebeldía. Me niego a contemplar esa posibilidad.

—Vaya, ¿no tienes plan B? Bueno, pues entonces usaremos el mío: si no tienes todo bajo control, dejaremos que el señor Dade se encargue de esta situación.

—¿Cómo? ¿Diciéndole a la junta directiva que tienen que mantenerme en mi puesto hasta que se canse de mí?

—Si fuera necesario, sí. Pero no te preocupes, Kasie. Dudo que ningún hombre se canse de ti.

—No doy crédito —refunfuño.

—¿En serio? —Frunce el ceño—. Fuiste tú la que echaste a rodar esta bola de nieve. Y es una bola muy bonita. Nos vamos a forrar gracias a tu talento…, a todos tus talentos.

Vuelvo a quedarme callada y Tom suspira.

—Mira —dice con una voz entre el cansancio y el enfado—, me da igual cómo se solucione esta situación, mientras se solucione, pero, seamos sinceros, si tú te encargas de esto es porque el señor Dade te lo permite. ¡El tío tiene todos los ases de la baraja! Lo que me lleva de nuevo a mi pregunta inicial: ¿quiere que la presentación la haga todo el equipo o prefiere que se la hagas tú personalmente y que le enseñes hasta los detalles más íntimos? Porque te juro por Dios, Kasie, que si para mantener esa cuenta tienes que entregarle el informe llevando un tanga y un cubrepezones, mientras frotas el trasero contra una barra americana, más te vale ir comprándote un modelito sexi con la tarjeta de crédito de la empresa.

—Fuera de mi despacho.

—No.

Me reclino en la silla.

—¿Quieres que haga feliz al señor Dade? Perfecto. ¿Crees que le haría feliz que le dijese que me estás acosando?

Entonces vuelve a sonreír.

—Esa es mi chica. Vuelves a pensar como la despiadada empresaria que conozco y admiro. —Se levanta—. Que conste que no quiero molestarte. Quiero que estés feliz, sana y disponible... para el señor Dade. Seguiré en contacto con él, pero tú siempre serás el principal punto de contacto...

—¿Estás intentado hacer un juego de palabras? —le corto.

Tom parpadea sorprendido y se echa a reír. Es una risa jovial, como de Papá Noel pervertido.

—¡Caray, qué paranoias tenemos últimamente! —exclama cuando la carcajada se reduce a una risita—. Muy bueno. Punto de contacto... Estoy seguro de que el señor Dade se lo seguirá pasando en grande contigo durante mucho tiempo.

Sacude la cabeza y se da media vuelta. Su diversión me resulta inexplicable.

—¿Sabes qué? Te crees que tú y yo somos iguales, pero no lo somos.

Tom se da media vuelta y espera a que prosiga.

—Cometí un error. He comenzado una relación cuando ya tenía una. Estuvo mal.

—Ya te lo he dicho. No te culpo...

—Pues deberías —le corto—. La única razón por la que no lo haces es porque no tienes decencia, ni sentido del bien y el mal. Eres un narcisista salido que probablemente solo consigue ligar a base de tarjeta de crédito. Yo la cagué; pero tú eres una cagada.

Tom espera un instante. De no ser porque se le nota que está apretando la mandíbula, tendría una cara de póquer impecable. Pero se encoge de hombros con una despreocupación forzada.

—Llamaré al señor Dade para averiguar cómo quiere que se le entregue el informe —me comunica cuando llega a la puerta.

—¡Tom! —grito. Se detiene y se da media vuelta—. No hace falta que le llames. Hasta el momento he llevado la cuenta sin el menor percance. Todos los directivos de Maned Wolf confían en mí. No arruines el trabajo de todo el equipo interfiriendo.

Cruzo los brazos por delante del pecho para mostrar mi tenacidad. Me parece ver un brillo en la mirada de Tom, pero no sé lo que significa.

Al final asiente con la cabeza.

—De acuerdo, haz las cosas a tu manera. Como ya he dicho, hazle feliz. Si me dice que no lo estás haciendo, tendrás problemas. No solo por mi parte, también por parte de los jefes.

Me doy cuenta de que la sonrisa de Tom se ha endurecido. Es evidente que mi arrebato le ha afectado.

—Deberías dejar de cruzar los brazos por delante del pecho —añade.

—¿Perdona?

—Es que me recuerda el momento en que los cruzaste en la cocina de Dave. Te acuerdas, ¿verdad? Tratabas de ocultar lo duros que tenías los pezones, pero precisamente eso fue lo que me permitió ver… tu punto de contacto.

Me arde la cara. Sé lo que está haciendo. Está enfadado. Quiere que me sienta cohibida, con menos derecho a opinar sobre moralidad.

Pero no quiere perder más tiempo, así que, sin pronunciar palabra, se da media vuelta y se marcha.

Me vuelvo a sentar e intento borrar de mi mente los últimos minutos de la conversación. Tom se equivoca: Robert no tiene todos los ases y yo sí que me ocuparé de Dave. Pero ahora Dave no es más que uno de mis muchos enemigos. La guerra ha envalentonado a los terroristas y, pese a la seguridad que sentía esta mañana, mi arsenal aún no cuenta con las armas necesarias para enfrentarme a todos.

Capítulo
12

El día pasa despacio. La llamada que no respondí porque estaba hablando con Tom era de Simone. Mi silencio de los últimos días le hace presentir que pasa algo. Le envío un mensaje para prometerle que la llamaré mañana. Sé que ahora mismo no sería capaz de hablar con ella, aún estoy tratando de recuperarme de la audacia de Tom. Sobrevivo a la reunión con mi equipo. El comportamiento de Asha vuelve a ser impecable. No gana nada contrariándome, prefiere esperar su momento. ¿Tardará en llegar? ¿Encontrará otro lugar por el que volver a atacarme?

Pero esos pensamientos son tan inútiles como un sombrero de paja en plena tormenta. Estoy bajo la lluvia y obviamente me voy a mojar, ¿de qué sirve entonces pensar en el sol?

Cuando acaba la jornada, voy al restaurante y localizo a Dave de inmediato: está sentado en una mesa del fondo. Veo que ha pedido dos copas de vino blanco y un aperitivo de calamares. Seguramente bebamos lo primero e ignoremos lo segundo.

Veo que está preocupado: dirige miradas furtivas a izquierda y derecha como si esperara que una emboscada entrara por la ventana en lugar de por la puerta. Me saluda levemente con la cabeza, avergonzado; mientras me siento delante de él, me dirige una sonrisa casi de agradecimiento.

—Estás sola —comenta.

El alivio sale de su cuerpo con la rapidez con la que el vapor sale de una tetera.

—Por ahora.

Doy un sorbo al vino. Es seco, con cierto aroma a cítricos. Dave tiene mala cara.

—A... anoche me extralimité —balbucea—. Me pasé de la raya.

Las palabras me resultan familiares. No hace mucho intenté ser un poco más agresiva con Dave, me refiero a sexualmente. Me comporté con espontaneidad: me senté a horcajadas sobre él cuando se acabó el vino y le pedí que me hiciera suya con palabras más toscas que las delicadas incitaciones que él aprueba. Se resistió y acabó rechazándome sin miramientos.

Al día siguiente me pidió disculpas. Dijo que se había pasado de la raya porque mi comportamiento no cuadraba con mi personalidad y él no quería que cambiase.

Ahora me doy cuenta de lo absurda que fue esa explicación.

Todo cambia. Todo. Y en realidad lo único que había hecho había sido intentar llevar esos cambios al dormitorio. Si no podemos creer en ese tipo de cambios, ¿entonces qué nos queda?

Además, su reacción también tuvo algo de perverso. Se marchó cuando yo me había ofrecido en bandeja, cuando intentaba seducirle. Me dejó ahí plantada en el momento en que intenté sugerir algo nuevo, una travesura sin ningún tipo de trascendencia.

Dave siempre ha intentado controlarme. De hecho, había sido esa faceta controladora lo que me había atraído de él. Temía a la libertad, tenía miedo de mis propios impulsos.

He cambiado.

—Kasie, ¿me has oído? Me pasé de la raya.

—Te he oído —respondo con suavidad.

En la mesa de la esquina hay una mujer sola; se está riendo. No tardo en darme cuenta de que está hablando por teléfono.

Dave me señala otra mesa que está más cerca de la entrada. Hay tres hombres que parecen estar negociando o, más bien, trapicheando.

—Son miembros del club —me informa—. Preferiría que no montáramos una escenita.

—¿Lo preferirías? —le pregunto—. No he venido a montar ninguna escena, pero me parece interesante que creas que tus preferencias me importan lo más mínimo.

Me vuelve a clavar la mirada.

—Me has engañado. Me has traicionado. Te lo he dado todo. Te conseguí ese trabajo…

—Me conseguiste una entrevista.

—¡Ya es más de lo que hubieras conseguido tú! Te he comprado rosas blancas, ¡te he dado ese rubí que sigues llevando en el dedo! ¡Te he amado!

Sacudo la cabeza. Oigo ruidos en la cocina y el claxon de un coche en la calle.

—Nunca me has amado. Amabas la idea que tenías de mí.

—Pero ¿qué dices? —pregunta indignado—. ¿Se te ha ido la cabeza? ¿Te crees que esto es un juego?

—No, es una guerra. Sé reconocer una carnicería.

—Voy a contárselo a Dylan.

Sonrío. A fin de cuentas no es más que un niño que corre a chivarse a sus papás. Miro a la barra… y ahí está. Robert. Está hablando con la camarera, pero me está mirando a mí.

—No creo que sea una buena idea —digo despacio—. Me refiero a contárselo.

—¡Pues claro que no te parece una buena idea! —comenta con desprecio—. Te pensabas que te ibas a librar…

Pero se le va la voz porque él también ve a Robert, que se acerca hacia nosotros. Robert tiene tal presencia que es imposible que pase desapercibido. Llega a la mesa con la mirada clavada en Dave.

—¡Conque tú eres el hombre que está a punto de ser derrotado! —exclama.

Las palabras me hacen estremecer. No me importa ser la enemiga de Dave, pero la idea de que otro lo sea en mi nombre me ofende. Anoche, cuando Tom se puso de mi lado, no me molestó tanto, pero aquello había sido una emergencia. Hoy, arropada por la seguridad que me ofrece este restaurante, prefiero cierta moderación.

Dave abre la boca para hablar, pero en lugar de ofrecer un discurso inteligible, emite una sucesión de fragmentos.

—Tú debes ser… Por qué… Cuándo…

Robert le observa con condescendencia y cierta perplejidad, antes de posarme una mano en el hombro con delicadeza.

—Estaré ahí. —Señala a una mesa vacía en el centro de la sala. Esa ubicación le ofrece una vista perfecta de todo el restaurante, y al restaurante, una vista perfecta de él—. Basta con que me hagas un gesto con la mano —dice mirándome antes de excusarse e inclinar la cabeza a modo de despedida.

La cara de Dave es del color de un petirrojo. Manosea su tenedor y araña con suavidad la mesa, como si quisiera comprobar lo fácil que resultaría dejar marca.

—Me has hecho venir para humillarme —susurra.

—Eres un buen maestro.

Mira la mesa con resentimiento y presiona el tenedor con un poco más de fuerza. Es el metrónomo que marca el compás de nuestro encuentro.

—No tiene por qué ser así —le explico—. Basta con que dejemos de herirnos el uno al otro.

Podríamos firmar una tregua, reconstruir nuestras vidas y pasar página.

—Por separado —añade.

No me queda claro si es una pregunta o una afirmación. En cualquier caso, confirmo asintiendo con la cabeza.

—Te necesitaba —confiesa.

Sus ojos vuelven a recorrer la sala: se detienen por un momento en la mujer con el pelo teñido de rubio platino, antes de posarse en el hombre que lleva un traje caro y varios tatuajes baratos y en la mujer que sigue riéndose sola hasta que, por último, se fijan en Robert Dade.

—No me gusta esta ciudad —prosigue. La voz le vibra de emoción—. Es insulsa, desvergonzada…

—Te da miedo. —Termino la frase por él.

—Yo no he dicho eso —me corta.

—No, no lo has dicho, no con tantas palabras, pero me lo has dicho de mil maneras. —Me mira con odio, pero me permite continuar—. Provienes de un mundo donde la cortesía es habitual, el tradicionalismo sigue teniendo importancia y la modestia es un atributo, no un obstáculo. Viniste a Los Ángeles por una oferta de trabajo. Intentaste convencerte de que serías capaz de soportar el resplandor de Hollywood, su intensa diversidad, las mujeres agresivas y los hombres que se pavonean sin descanso, pero no soportas nada de eso, ¿verdad?

Dave cambia de postura; el tenedor sigue marcando el compás. Me inclino hacia delante para obligarle a que me oiga.

—Por eso te emperraste en controlar tu insignificante rincón de la ciudad —prosigo—. Con ese objetivo en mente, te hiciste miembro de clubes que desprecian desde su torre de marfil a quien no encaja ni con su enfoque del mundo ni con sus convenciones chapadas a la antigua. Te compraste una casa en un barrio en el que la única diversidad reside en las múltiples marcas que ostentan los coches de lujo que cruzan sus calles. La sobriedad de tu hogar roza la austeridad con el fin de compensar el caos de la ciudad. Y me elegiste a mí porque tenía el aspecto apropiado, los modales apropiados, la formación apropiada… y porque te permitía que me controlases. Me dijiste quién querías que fuera y yo me metí en ese molde y mantuve esa forma durante años.

Levanta la cabeza y me mira a los ojos: me está rogando que pare sin pronunciar palabra.

—No puedo seguir así, Dave. He cambiado. Si te viene en gana, puedes castigarme por ello, pero no te hará ningún bien. Lo mejor que puede ocurrir es que te pongas en ridículo; lo peor, que te conviertas en un hazmerreír. Pase lo que pase, lo nuestro se habrá terminado. Ya no puedo seguir viviendo en ese rincón del mundo.

La mujer que no paraba de reír cuelga por fin el teléfono y, con ese gesto, su sonrisa desaparece.

—Te aferras a mí por miedo, no por amor —añado finalmente—. Pero por desgracia esta relación jamás volverá a hacerte sentir protegido.

Dave suelta el tenedor y permanece en silencio. Asiento con la cabeza; sé que me está dando una respuesta: no acudirá a Freeland ni seguirá luchando contra mí. La batalla ha terminado. Me deja marchar.

Con suma discreción me quito el rubí y acerco el anillo en su dirección. Lo hago con cuidado. No quiero que nadie lo vea. Frunce el ceño ante la ofensiva joya.

—Odio esta alianza —murmulla—. La odié cuando la elegiste y ahora la odio aún más.

—Por supuesto que la odias —reitero sin criticarle—. Quieres a una mujer que se sienta có-

moda con la sencilla transparencia de un diamante, no con la pasión imperfecta de un rubí.

—Sedas —dice—. Así llamó la joyera a las
imperfecciones de los rubíes. No lo entiendo.
¿Por qué le ponen un nombre tan bonito a una
imperfección?

Sonrío y suspiro.

—Sé que no ves la belleza que tiene la imperfección. Por eso lo nuestro no funciona.

Me miro las manos, ahora, desprovistas de
adorno.

—Siento haberte hecho daño. No debería
haber tenido una aventura para encontrarme a mí
misma. Debería haberlo averiguado yo solita. Debería haber sido más fuerte. Siento mucho, muchísimo, que mi debilidad te haya hecho sufrir.

Dave asiente con brusquedad.

—¿Os marcharéis juntos? —me pregunta.

Miro a la mesa de Robert.

—No. Se irá unos minutos después que yo.
Si quieres, podemos salir juntos para guardar las
apariencias.

Se anima un poco ante la idea. Es lo primero
que digo en toda la tarde con lo que se siente cómodo.

Pide la cuenta a una camarera, mientras saco el móvil para enviarle un mensaje a Robert.

Voy a salir del restaurante con Dave, pero cada uno se irá por su lado. Para siempre. Me he ocupado de todo. No hace falta que nos sigas.

Veo que Robert consulta su móvil, mientras una camarera le trae un café. Lee el mensaje bebiéndoselo, sin echarle leche ni azúcar. Lo toma solo. No lo sabía.

Es una tontería, pero me molesta. ¿Cuántos detalles desconozco sobre el hombre que me ha cambiado la vida?

Su respuesta es rápida y directa.

No deberías estar a solas con él. Os seguiré.

Es la reacción que me esperaba, pero ojalá hubiera sido otra.

No hay de qué preocuparse. No vamos a hacernos más daño. Necesito que confíes en mí en este asunto.

Le doy a «Enviar» cuando Dave le entrega la tarjeta de crédito a la camarera.

Veo que Robert frunce el ceño al leer mi mensaje. Por un momento me planteo si ha sido un error utilizarle como «amenaza percibida». Es como usar un puma a modo de perro guardián.

En realidad no puedes controlar a quién atacará ni cuándo.

Pero la mirada de Robert se encuentra con la mía y asiente con rigidez antes de enviarme otro mensaje.

Si no sé nada de ti en cinco minutos, saldré a buscarte.

Es gracioso porque sé que su intención es protegerme, pero siento como si en realidad estuviera yendo a por mí.

Meto el móvil en el bolso y sonrío a Dave.

—Vamos.

Se levanta y espera educadamente a que coja mis cosas. Salimos juntos, pasando sin detenernos por delante del hombre de los tatuajes, de la mujer del pelo teñido y de Robert; solo nos paramos brevemente en la mesa de los trapicheros, que saludan a Dave con calidez y a mí, con la cortesía que corresponde.

Una vez en la calle, caminamos hasta mi coche. Mi anillo está en su bolsillo; mis llaves, en mi mano.

Al llegar al coche, me giro hacia él.

—¿Qué hacemos con las cosas que tenemos el uno del otro? ¿Te llevo tus cosas a tu casa y recojo las mías o viceversa o…?

—Te llevaré tus cosas a tu casa y recogeré las mías —me interrumpe—. Si te parece bien, lo haré mientras estés en el trabajo. Podría ir el lunes a mediodía. Te enviaré la llave que me diste por correo... o...

—Puedes dejarla en la planta...

—En la palma de sagú que hay en un macetero junto a la entrada de la cocina...

—Sí, la que compré el año pasado en el vivero...

—Lo recuerdo.

Nos detenemos. Mete las manos en los bolsillos y dirige su atención a los coches que pasan. Las despedidas jamás son elegantes. Siempre quedan cosas por decir, recuerdos que hay que apartar a un lado y que se acumulan en la mente hasta que el tiempo encuentra un modo de deshacerse de ellos. Lo definitivo, que en principio debería resultar tan sencillo, siempre resulta incómodo.

—Bueno, supongo que debería irme —digo con suavidad.

Asiente con la cabeza y da media vuelta, pero entonces se detiene.

—Yo también tuve una aventura.

Se me caen las llaves al suelo. A la confusión le sucede una novedosa sensación: indignación. ¿Toda esa ira bañada de superioridad moral con la que me ha estado atacando y resulta que él también ha sido culpable? ¿Se está riendo de mí?

Cuando se gira, espero ver en su rostro el triunfo de quien acaba de lanzar el puñetazo que le dará la victoria, pero, en lugar de eso, lo único que veo es tristeza.

—Fue hace años y solo duró un mes. Era una estudiante de Derecho que vino a hacer unas prácticas a mi empresa. Tú estabas siempre de mal humor. Cuando estábamos juntos se te veía… Supongo que «melancólica» es la palabra adecuada. Pensé que te estaba perdiendo. Y entonces apareció esta joven ambiciosa de pelo oscuro y ojos claros… Igualita a ti. Buscaba modelos que seguir, me admiraba… Fui débil. Pensé que te estaba perdiendo.

—Pero ¿cuándo…? —Se me va la voz cuando un recuerdo nítido se me viene a la cabeza—. Tan solo llevábamos un año saliendo…

—Sí, ¿recuerdas aquella época? Fue hace cinco años. Llevabas unos pocos meses en el trabajo y te distanciaste de mí sin venir a cuento. Intenté acercarme a ti con detalles románticos, mostrándote mi afecto, pero tú no reaccionabas y yo era demasiado cobarde para coger el toro por los cuernos.

Demasiado cobarde. Bueno, eso es algo que Dave y yo tenemos en común. Excepto que...

—Sí que lo hablaste conmigo. Estábamos en mi casa, apurando una botella de vino, y me preguntaste si había perdido interés. Me preguntaste si estaba triste por tu culpa.

—Y te pusiste a llorar. Esa fue la primera vez que me hablaste de tu hermana.

—Era el décimo aniversario de su muerte.

Un pajarito se posa en la acera, junto a nuestros pies, para picotear las migajas que se les han caído a quienes pasaron por ahí antes que nosotros comiendo galletas saladas.

—¿Fue entonces cuando zanjaste tu relación con ella?

Vuelve a asentir con la cabeza. El pajarito sigue alimentándose a base del descuido de otros.

—Cuando oí la historia de tu hermana, supe que eras perfecta para mí.

—¿Disculpa? —La indignación me golpea de nuevo en las sienes.

—¿Tú dices que yo tengo miedo, Kasie? Pues tú estabas aterrorizada. Te aterraba la idea de perder el control; sí, tanto que me permitiste crear normas para nuestra relación, me dejaste ejercer gran parte del control. Cuando sentías el impulso de rebelarte, te bastaba el temor de convertirte en Melody para reprimirlo.

—Te aprovechaste de mi tragedia.

—Porque tú querías que lo hiciera.

El pajarito, que da su tentempié por terminado, se va volando en busca del siguiente plato. Dave se queda mirando las migas que quedan y arrastra los pies sobre ellas.

—Supe que algo iba mal de verdad cuando insististe en comprar el rubí en lugar del diamante.

—Es un simple detalle.

—Bastó para que me diera cuenta de que el viento había cambiado. —Se agacha para recogerme las llaves. Me había olvidado de ellas—. Supongo que ya no tienes miedo, ¿eh?

—Yo no iría tan lejos —replico cogiéndole las llaves de la mano.

—Bueno, por lo menos tú no estás sola. —Se detiene antes de añadir—: La chica con la que te engañé se casó con un tío que trabajaba en mi empresa. Dudo que le haya hablado de mí. Hace años que no la veo, pero su marido y yo nos movemos en los mismos círculos. Me entero de cosas. Han tenido un bebé. Por lo visto, decidió que una carrera en la abogacía no era para ella. Demasiados asuntos feos, demasiada agresividad. Ahora imparte catequesis o algo así en la parroquia de él.

—Da la impresión de que hubiera sido perfecta para ti.

—Sí, quizá lo hubiera sido. —Me mira a los ojos. Su tristeza está mezclada con un poco de ira y quizá algunas cucharaditas de arrepentimiento—. Me equivoqué en mi elección.

Me quedo junto al coche y le veo marcharse; no se dirige al club, sino a otro destino; nunca sabré cuál. Las nimiedades de su día a día ya están fuera de mi alcance. Se va a convertir en un desconocido.

Puede que siempre lo haya sido.

Me doy la vuelta para no verlo desaparecer.

Capítulo
13

En cuanto abro la puerta del coche oigo que me llaman. Me doy la vuelta y veo a Robert que se acerca dando grandes zancadas.

—¿Dónde está? —me pregunta.

Su voz, aparentemente tranquila, no logra ocultarme un trasfondo agresivo.

—Se ha ido. Como te dije en el mensaje, hemos terminado.

Me analiza la expresión y mira en derredor para ver si puede encontrar a Dave.

—No se va a rendir tan fácilmente.

—Esto no ha sido nada fácil —respondo.

—Hablará con Freeland. Es así de mezquino. Basta con mirarlo para darse cuenta.

—«Mezquino» no es la palabra —replico, pero no se me ocurre una que le defina. La única que se me ocurre es «perdido»—. No se lo contará a Freeland.

—¿Por qué no?

—Porque es como todos nosotros: actúa por interés propio. Ya no hay nada aquí que le interese. Le conviene más abandonar.

Robert sacude la cabeza, incapaz de admitir que un hombre sea capaz de aceptar la derrota con tanta facilidad. Sopla el viento y los árboles susurran sobre nuestras cabezas; caen algunas hojas sobre las migas.

Robert baja la mirada y coge mi mano izquierda.

—¿Se ha llevado el rubí?

—Se lo he dado yo.

Un destello de aprobación, quizá incluso de alivio.

—Vamos a mi casa. Encargaremos comida china y charlaremos. Sé que quieres confiar en él, pero debemos estar preparados.

Una hoja seca cae sobre mi zapato. El árbol no la necesita. Tiene muchas otras hojas más verdes y más sanas que adornan sus ramas. Esta hoja está muerta. Seguramente murió en la misma rama, mucho antes de desprenderse.

Aun así, me pregunto si el árbol la echará de menos.

—Creo que prefiero pasar la noche en casa —le digo.

—Vale, nunca he estado en tu casa…

—No, Robert, yo sola.

Por un momento veo que su seguridad flaquea: pensaba que ya no le alejaría más de mí. Y quizá así sea, pero esta noche necesito guardar luto por una relación que murió en la rama.

Poso la mano en su brazo.

—El lunes iré a tu casa, o puedes venir tú a la mía, si lo prefieres. Pero estoy cansada, Robert, en muchos aspectos. Tienes que darme unos días para que me recupere.

Asiente con la cabeza para mostrarme que lo entiende.

—Tengo el coche aparcado a una manzana. Acompáñame; quiero darte una cosa.

Asiento y camino junto a él. En un momento dado, me coge de la mano. Recorre una y otra vez con el pulgar mi dedo anular desnudo. Se me hace raro ir de la mano en público. De hecho, me sigue dando la impresión de que estamos haciendo algo malo.

Pero ¿cuánto tiempo llevo fantaseando con tener una relación con este hombre? Alejarme con él en un barco, escalar las pirámides mayas, hacer el amor en el suelo del *Musée*... En mi mente Robert y yo hace tiempo que somos pareja.

Y, sin embargo, nunca nos había imaginando caminando por una calle de Los Ángeles de la mano.

—¿Asha te ha dado problemas hoy? —me pregunta.

—No, Asha no. Hoy el que me ha tratado como a una puta ha sido Tom.

Las palabras se me escapan de los labios antes de que mi mente se ponga en marcha, antes de que recuerde con quién estoy hablando.

—¿Tom... Love? ¿Qué ha hecho?

Para contarle esto a Robert, debo quitarle mucho hierro. No sé por qué, pero tengo el presentimiento de que es mejor que parezca que no me afecta. Por desgracia, soy incapaz de reprimir un escalofrío al recordar la conversación.

—Bueno, es su forma de ser, eso es todo. Ahora que sabe cómo es nuestra relación, pues...

Me quedo muda tratando de encontrar la mejor forma de resumirlo todo.

—¿Qué?

—No tiene importancia —me apresuro a decir—, tan solo necesito tiempo para recordarle que mi vida personal no le incumbe. Yo me encargo de esto.

Robert me agarra la mano con más fuerza, pero no dice nada. Que no me dé una respuesta verbal es posiblemente la mejor respuesta que puedo esperar de él.

Al llegar al aparcamiento, suelto una carcajada escéptica.

—¿Aquí has dejado tu Alfa Romeo 8C Spider?

El aparcamiento está bastante hecho polvo: el viento arrastra basura por la gravilla y los coches están como sardinas en lata. No es lujoso en absoluto.

—Le di al vigilante una propinilla para que me lo cuidara —comenta Robert señalándome un extremo del solar en el que solo hay un coche aparcado.

Me pregunto cuánto dinero considerará él «una propinilla» y si era necesario hacerlo. Hay algo en Robert que intimida, incluso cuando no trata de intimidarte. No me imagino que nadie se atreva a retarle rayando un coche que cuesta 300.000 dólares.

Me lleva hasta allí y abre el maletero, que tiene el tamaño de una sombrerera. Saca un par de camisas de vestir y las observa, antes de entregarme una.

—Ponte esto para dormir hasta que quedemos la semana que viene —dice. Dirige una mirada fugaz al sol, que está ya de retirada—. Póntela en cuanto llegues a casa. Lleva puesto solo mi camisa, nada más. Piensa en mí.

La cojo y me la acerco a la nariz. Huele un poco a su colonia. Doy mi consentimiento con una sonrisa. Dormiré con la camisa y pensar en él nunca ha sido un problema.

Me abre la puerta del copiloto y me dice que me lleva a mi coche. Empiezo a rechistar diciéndole que prefiero caminar, pero insiste y no tardo en ceder.

Cuando arranca el coche, me doy cuenta de que cuando se trata de Robert no suelo tardar en ceder.

* * *

Cuando por fin llego a casa, tengo la extraña sensación de que está vacía. Llevo viviendo sola desde la universidad, pero antes de todo esto era capaz de llenar los espacios vacíos con planes y expectativas. En la mesa de centro hay revistas de viaje que Dave y yo estábamos hojeando para planificar nuestras próximas vacaciones. En el botellero está la prohibitiva botella de Merlot que pensaba llevar al cumpleaños de uno de los compañeros de trabajo de Dave. En el piso de arriba hay un calendario en el que he detallado las comidas de trabajo y las noches de ocio de cada día. Junto a él, una lista de clientes potenciales que me gustaría atraer hacia la empresa: ganar sus cuentas e impresionar a los socios.

Sigo teniendo esos objetos, pero ya no significan nada. Lo que un día fueron planes de viaje no son más que revistas con fotos bonitas. Lo que fue un regalo no es más que alcohol que espera a ser bebido. El calendario con planes no es más que un papel lleno de garabatos inútiles.

Quizá la lista de clientes potenciales siga siendo útil. Después de todo, estoy bastante convencida de que no me equivoco con Dave. No hablará con Freeland. Quizá nunca haya estado en sus planes. No creo que sea capaz de enfrentarse a la vergüenza mejor que yo. Sin la cooperación de Dave, Asha no tiene ningún poder. Con lo zorra que es, probablemente encuentre a alguien más vulnerable al que torturar. Tom volverá a comportarse como es debido al cabo de un tiempo, en cuanto vea que lo tengo todo bajo control…

Todo excepto a Robert. No le tengo bajo control. Por supuesto que no quiero controlarlo, pero su imprevisibilidad me pone de los nervios. Puede que ni siquiera disponga de tiempo para buscar clientes nuevos. Quizá me ofrezca más encargos y cada vez de mayor envergadura con el fin de ocupar mis días. Robert podría mantenerme atada a él con sogas hechas a base de cifras y fusiones comerciales.

He dejado su camisa en una silla del comedor, pero vuelvo a por ella. Tengo pijamas mucho más cómodos, así que esta noche, cuando esté cansada, me pondré uno. Como no puede verme, no me veo obligada a llevar su camisa.

«Póntela en cuanto llegues a casa. Piensa en mí».

Llevo la mano al fular que tengo alrededor del cuello, me lo quito con cuidado y lo dejo caer

220

sobre la mesa…, una mesa muy parecida a la que tiene Dave en su casa.

Lo hago solo porque en mi casa hace calor. No necesito el fular. Tampoco necesito la chaqueta. Me la quito y la deja en otra silla.

«Piensa en mí».

Me tumbó, ahí mismo, en la mesa de Dave, como quien sirve un banquete. Recorrió mi cuerpo con sus manos, me besó, me cató…

«En cuanto llegues a casa. Piensa en mí».

Me desabrocho la blusa. Estoy sola. No importa.

Me pellizcó los pezones, hizo que se pusieran duros para él. Mi mano se acerca al sujetador.

«Lleva puesto solo mi camisa, nada más».

El sujetador cae al suelo y él está ahí. Le siento en el ambiente, le oigo en el silencio. Acerco la camisa a la cara y huelo su colonia para despertar todos mis sentidos.

«Puedo tocarte con un pensamiento».

¿Estará pensando en mí ahora? ¿Es eso lo que siento? ¿A él, que acorta la distancia con una fantasía, como el hechicero de un cuento de hadas? Me quito el cinturón y lo poso sobre la chaqueta. Mis torpes dedos intentan desabrochar los botones que me sujetan los pantalones a la cintura. Él me guía, me da instrucciones, me anima a seguir avanzando.

«Lleva puesto solo mi camisa, nada más».

Me quito los pantalones; les siguen mis braguitas. Agarro su camisa con fuerza.

«Sé que hasta cuando estoy lejos de ti, estoy dentro de ti. Puedo tocarte con solo pensar en ti».

Siento palpitar mi entrepierna. Suelto despacio la tela de algodón, que se desliza primero por un brazo, después por el otro. La tela es ligera como una pluma y parece jugar con mi piel, que se me pone de gallina. Oigo el viento golpeando las ventanas para que le deje entrar.

«Hasta cuando estoy lejos de ti, estoy dentro de ti».

Siento un calambre eléctrico, un pequeño espasmo. Me agarro al respaldo de la silla. Se me corta la respiración. Tan solo se trata de una prenda de algodón, de un rastro de colonia, de los vientos de Santa Ana llevándose la bruma, avivando el fuego.

«Piensa en mí».

Cierro los ojos e intento recuperar la compostura. Hay objetos que debería meter en cajas; una pérdida por la que debería llorar.

Esto no está bien. Es una locura. Él no está aquí.

«Puedo tocarte con un pensamiento... Piensa en mí».

Me siento en la silla y acaricio la tela. Siento cómo ese hombre me acaricia los muslos, cómo me besa el hombro.

No me toco. No me hace falta.

«Puedo tocarte con un pensamiento».

Sus dientes me mordisquean el cuello, sus manos bajan por mi espalda. Me reclino en la silla y separo las piernas lo justo. Su lengua se desliza arriba y abajo por mi clítoris y dejo escapar un leve gemido, mientras me retuerzo en la silla y recorro con las manos su camisa.

«Hasta cuando estoy lejos de ti, estoy dentro de ti».

Siento cómo me penetra y cómo se me contraen los muslos, mientras me pierdo en esta fantasía fantasmagórica. El viento aúlla en voz baja y separo los labios para probar la energía que impregna el aire. Él me rodea, me abruma.

«Piensa en mí».

Noto que estoy a punto de perder el control. Siento un dolor en mi interior que resulta erótico a la par que torturante. Me parece imposible que sea capaz de alcanzar un orgasmo sin usar siquiera las manos, sin presencia física alguna. Pero Robert es mucho más que la carne, la sangre y los músculos que lo forman. Es una fuerza, un fenómeno. Es poder e intriga, seducción y peligro. Lame el hueco de mi garganta, me acaricia el muslo.

«Hasta cuando estoy lejos de ti, estoy dentro de ti».

El palpitar se hace más intenso. Arqueo la espalda; su lengua está en mis pezones, sus manos en mi cabello, su erección me llena entera. ¿De verdad me está ocurriendo esto a mí?

«Puedo tocarte con un pensamiento».

Cuando la explosión me alcanza, cierro los ojos y cedo al placer.

Capítulo
14

El hechizo se hace más débil con cada día que pasa, pero lo sigo sintiendo en cierto grado, mientras expulso la vida de Dave de la mía. Meto sus cosas en cajas, asegurándome de que todo esté ordenado y bien doblado. Las dejo junto al vestíbulo, pero no en la misma entrada, porque no quiero que parezca que le estoy poniendo de patitas en la calle. Eso puede hacerlo él solito. Saco las fotos de los marcos y las meto en los álbumes que guardaré en el fondo del armario junto a los viejos anuarios y otros secretos del pasado a los que ya no presto atención.

Pero mi mente no se ha centrado por completo en estas tareas. Se suponía que iba a dedicar este fin de semana a despedirme, que estas serían las últimas noches consagradas a los recuerdos y las reflexiones, en las que me consentiría incluso derramar alguna que otra lágrima.

Sin embargo, no ha sido así y eso me molesta. Lo que me repatea aún más es que me he puesto la camisa de Robert todas las noches. En cuanto Los Ángeles le da la espalda al sol, me la pongo. Es domingo por la noche y la llevo puesta. ¿Por qué? Robert no me ha llamado para ver cómo estoy. Ni siquiera me ha enviado un mensaje. ¿Dio por hecho desde el principio que me la pondría?

Sí..., sí, por supuesto que se lo esperaba. Y no solo eso; de hecho, sabe que la llevo puesta en este preciso momento. Por eso no me ha llamado ni me ha enviado ningún mensaje. No es necesario.

De modo que, mientras entro y salgo de las habitaciones con la camisa de mi amante, Dave, el hombre con el que he pasado los últimos seis años, desaparece de mi vida. Como un terremoto sin importancia que te despierta brevemente a las cinco de la mañana: sabes que has sentido algo, pero no logras averiguar qué ha sido ni si ha sido real.

No creo que quiera saber lo que dice eso de mí.

Me preparo una cena ligera, intento distraer-me viendo un rato la tele, abro esa cara botella de Merlot y procuro acostumbrarme al aroma de la colonia de Robert.

Son casi las diez cuando suena el teléfono. Algo me dice que no se trata de Robert, incluso antes de mirar la pantalla. Pero me sorprende ver el nombre de Tom Love.

Las diez de las noche de un domingo no es una hora apropiada para que me llame. Mis ojos examinan la habitación en busca de un arma que pudiese usar a través del hilo telefónico. No respondo hasta que da el último timbrazo.

—¿Qué? —pregunto en lugar de «Dime».

Lo cierto es que, teniendo en cuenta lo cabreada que estoy con él, podría haber sido mucho más borde.

—Tranquila. —Tom parece desconcertado y exento de la petulancia que me demostró el viernes—. Te llamo para disculparme.

—Debería hacer que te despidieran por acoso sexual.

—Probablemente. Escucha, no siempre digo las cosas como debería. Mi ambición me ayuda a progresar, pero en ocasiones hace que me aturulle. Me concentro tanto en el porvenir que no pienso en lo que estoy diciendo.

Cambio ligeramente de postura, me muerdo la lengua y espero a que vaya al grano. Llevo trabajando con Tom lo suficiente como para saber que cuando se disculpa es por interés.

—No estuvo bien pedirte que alargaras tu aventura con el señor Dade por el bien de la firma y fue ridículo que sugiriera que lo hicieras para beneficiarme a mí. Sé que jamás podría presionarte para que te acostaras con alguien con el que no quieres acostarte, e incluso si pudiera, no lo haría.

—Y una mierda.

Otra risa con la que trata de disculparse.

—Supongo que me lo merezco. Lamento el modo en que te hablé. Ese lenguaje solo es apropiado en los vestuarios y en los clubes de *striptease*. Yo debería saberlo mejor que nadie; al fin y al cabo, he pasado bastante tiempo en los dos sitios.

Suspiro y cojo el mando a distancia. Voy pasando los canales de noticias observando con cierto interés cómo enlazan con destreza la tragedia con el entretenimiento. La gente muere en Oriente Medio y un príncipe europeo se propone introducir la celebración de Halloween al estilo americano en su dinastía. Un hombre mata a su esposa y a sus hijos en Nueva York, y Kim Kardashian cobra 600.000 dólares por acudir a un evento. Pasan de una historia a otra sin ofrecer apenas pausa; las sonrisas y los gestos de preocupación aparecen y desaparecen con la rapidez con la que lo hacen las luces intermitentes de un árbol de Navidad.

—Sin embargo, me gustaría que reflexionaras sobre una cosa —prosigue Tom, insistiendo en captar mi atención.

Lleva un rato hablando, farfullando disculpas de varios tipos, pero nada de lo que ha dicho me parece, ni por asomo, tan interesante como que Kim Kardashian se gasta 500 dólares cada vez que se hace la manicura.

—¿El qué? —pregunto suspirando.

—No mantengas la relación por el bien de la firma, pero tampoco la rompas por orgullo. Ese hombre te gusta, Kasie. De lo contrario, no hubieras arriesgado tanto para estar con él.

—Ya me he encargado de Dave —respondo con frialdad—. Tal y como te dije.

—¿Entonces no irá corriendo a decirle a Freeland entre sollozos que su novia le ha puesto los cuernos con un hombretón malvado llamado señor Dade? ¡Buen trabajo! Te he subestimado.

—Otra cosa por la que tienes que disculparte.

Le doy un sorbo al vino. Un presentador joven con una pinta muy extraña relata historias reales sobre el peligro que corren los niños que hablan con desconocidos.

—Tienes razón. Toda la razón —dice Tom—. Te pido disculpas. Pero eso no afecta al quid de la cuestión. Nadie te obliga a hacer nada, pero no tires una relación por la borda con el único objetivo de dejar claro un punto de vista.

—Lo estás haciendo otra vez —replico.

—¿El qué?

—Subestimarme. ¿De verdad te crees que no sé lo que tramas? Estás cambiando las palabras, pero el mensaje es el mismo: quieres que siga saliendo con Robert Dade porque te beneficia. Mis sentimientos no te interesan lo más mínimo.

—Oye, eso no es justo…, al menos no del todo. Sí que quiero que disfrutes de tu relación porque me caes bien. Mis disculpas y mi consejo son igual de legítimos que tus acusaciones y tu ira. Pero en algún momento aceptarás que tenemos una relación simbiótica. Si te aconsejo que escuches a tu corazón y lo haces, ganamos todos. Sí, mis motivaciones son fundamentalmente egoístas, pero no creo que eso cambie nada.

Seguramente este sea el mayor grado de corrección política que Tom puede alcanzar. No es gran cosa, pero el hecho de que lo esté intentando me parece significativo.

—¿Te mueres por conseguir más cuentas de Maned Wolf, verdad?

—¡Caray, qué rápida eres!

Me río a mi pesar.

—No quiero volver a oír nada de la noche que me viste… No quiero hablar de ese vestido… —Me ruborizo y aprieto los dientes, enfadada por avergonzarme—. No lo vuelvas a mencionar, ¿de acuerdo? —logro decir finalmente.

—Jamás —responde de inmediato—. Te lo prometo.

Ojalá pudiera hacerle prometer que jamás volverá a pensar en ello. Podría hacerle decir que no lo hará, pero estoy harta de las mentiras y de que me nieguen la evidencia. Sé que Tom ha rememorado mil veces ese momento. Sé que en sus fantasías no fue tan caballeroso. Sé que ahora cada vez que me mira se le viene esa imagen a la cabeza.

La humillación me produce picores y hace que me retuerza en la silla, pero al menos ese sentimiento es real. Y, por primera vez en la vida, soy capaz de admitir lo que de verdad siento, en lugar de negarlo y fingir que tengo emociones más comedidas.

—No he roto con el señor Dade. Y no tengo intención de hacerlo.

—Si algún día ocurre, ¿me lo dirás enseguida? De ese modo, la empresa y yo tendremos tiempo para reaccionar.

—Te lo prometo —digo imitando sus palabras y su entonación.

Casi puedo oír la sonrisa de Tom.

—Eres un tesoro, Kasie.

—Adiós, Tom.

Cuelgo el teléfono.

En la televisión están haciendo unas pruebas a unos niños. El periodista explica que, según estas pruebas, hasta el niño más responsable aceptaría la invitación de un desconocido, si este le ofrece un incentivo interesante y disimula el engaño. Los niños son muy impulsivos, dice el periodista, y cuando se les acerca un adulto bien vestido y encantador que les habla con autoridad, olvidarán lo que se les ha enseñado, olvidarán las advertencias y seguirán al desconocido hacia el peligro.

Miro la camisa que llevo a modo de camisón y me siento como una niña.

Capítulo
15

La noche no acaba nunca. Me acuesto sobre las once, pero no logro descansar, pues me abruma una amalgama de sueños inquietantes.

En uno, estoy en el asiento trasero de una limusina y Dave está a mi lado…, pero es un fantasma y solo puedo verle la silueta.

«¿Te he matado yo?», le pregunto mientras la limusina da volantazos a izquierda y derecha.

Se limita a sonreír con sus labios transparentes. «Hay tantas cosas a las que tener miedo en este mundo», dice riéndose.

Pero no es una risa. Es la voz de mi hermana. Me entra un ataque de pánico, trato de salir, me deslizo a toda prisa hasta el otro extremo de la limusina e intento abrir las puertas, pero están cerradas.

«Tonta», me susurra la voz de ella al oído, aunque Dave no se ha movido. «No tienes miedo de mí. ¡Eso sería como tener miedo de ti misma!».

«No me parezco a ti en nada», le digo a ella, a Dave, a quien sea que me escuche.

«¿De verdad?», dice la voz burlona. «Eso díselo al señor Dade».

Todos los sueños son de ese estilo: pesadillas, fantasmas y enfrentamientos con adversarios invisibles. Me despierto varias veces, enredada entre las sábanas como si hubiera estado pegándome con la cama. Hasta bien pasadas las dos, mi mente no logra huir de esas imágenes alarmantes; entonces sí cojo el sueño. Un sueño profundo.

La siguiente vez que me despierto es al oír música clásica. Mi despertador, claro. Me resulta más fácil comenzar el día con las lentas modulaciones de una sonata que con el grito inesperado de una guitarra eléctrica. Mantengo los ojos cerrados y me dejo llevar por la música. Es una pieza barroca del siglo XVII del maestro Tomaso Albinoni, uno de mis favoritos. El sonido es grave y seductor, tan imponente que al escucharlo te parece estar cometiendo un pecado. Noto el roce de la camisa de Robert en mi piel y, sin separar los labios, murmullo un gemido de placer. Cojo aire por la nariz...

Y huele a café.

Despacio, casi temerosa, abro los ojos. En la mesita de noche, junto al despertador, hay una taza de café humeante.

Y hay otra sobre la butaca gris carbón de mi dormitorio, entre las manos de Robert Dade.

No me muevo, no me incorporo, no pronuncio palabra. Pienso en los sueños y pesadillas que he tenido hace apenas unas horas, pero esto no parece un sueño, aunque, claro, tampoco tiene sentido que esté aquí, tomando café en una de mis tazas de cerámica.

—¿Sabes que es veneciano? —comenta señalando a mi radio despertador.

—¿Disculpa?

—Albinoni. Era de Venecia. Resulta muy apropiado teniendo en cuenta dónde nos conocimos.

Me tapo con las sábanas hasta la barbilla.

—¿Cómo has entrado?

—Como recordarás, las cerraduras no se me resisten.

—Tengo una alarma de seguridad.

—Lo sé. La fabricó mi empresa.

—Robert, no puedes...

—¿Recuerdas que me dijiste que podía venir a verte en unos días? Han pasado unos días.

Dirijo la mirada al reloj.

—Es cierto —admito—. Y también son las siete y cuarto de la mañana.

Suspira y bebe un trago de café.

—¿Sabes cuánto me ha costado alejarme de ti este fin de semana? Y más sabiendo que todavía tiene la llave de esta casa; sabiendo que podía entrar y vengarse en cualquier momento.

La música se ha teñido de añoranza. Su melodía me mantiene calmada.

—Dave no es ningún psicótico. Es un hombre al que le han hecho daño. Me devolvió parte del dolor que le causé y ahora está pasando página.

Examina el café; inclina la taza como haría un sumiller en busca de pistas que le revelen la edad y textura de una copa de vino.

—Forzarte a ponerte ese vestido —responde—, exponerte ante Love como si fueras un juguete o una prostituta…, puede que no sea un psicótico, pero esos actos revelan sin duda… una sensibilidad demoníaca. —Levanta la mirada de la taza y clava sus ojos en los míos—. Crees que sabes de lo que es capaz, pero no es así.

Gruño desviando la mirada al techo abuhardillado de color crema. Es demasiado temprano para pensar con claridad, pero, en cualquier caso, forzar la cerradura de mi casa para advertirme de lo que Dave podría ser capaz de hacer resulta irónico.

—¿Las cajas que están abajo son sus cosas?

Asiento con la cabeza.

—¿Cuándo vendrá a buscarlas?

—A mediodía —respondo tumbándome de lado y dedicándole una sonrisa pacificadora—. Yo no estaré aquí.

Robert hace un gesto para indicar su aprobación, se acerca a la cama y posa su taza de café junto a la mía.

—No volverás a verle a solas. Es peligroso. Si necesitas quedar con él, me llamas antes.

—No tienes derecho a decirme cómo lidiar con esta situación.

—¿No? —Inclina la cabeza a un lado—. ¿Pondrías en riesgo tu integridad física comportándote como una rebelde? ¿Por qué lo dudo?

Su voz tiene un tono dulce, pero burlón. Me muerdo el labio. Debería echarle de casa. Esta mañana se está comportando como un delincuente. Mi ángel está furibunda, pero a mi diabla le fascina Hollywood y trata de glorificar el delito.

Quizá soy yo la que tiene una sensibilidad demoníaca.

—Deberías cogerte el día libre —sugiere—. Podrías trabajar desde mi casa. Eso le daría a Love otro día para reflexionar sobre su comportamiento.

—No, tengo que ir al trabajo. No puedo dejar que mis problemas personales afecten a mis responsabilidades profesionales.

Robert no dice nada. En lugar de eso, me quita la sábana y recorre con los ojos su camisa, que cubre mi cuerpo.

—Hiciste lo que te pedí.

De todas las cosas que ha dicho y hecho esta mañana, esa frase es, con diferencia, la más provocativa. Me produce una combinación de emociones preocupante: me excita de un modo peculiar, pero también me alarma. Tiene que salir de mi habitación. Necesito tomarme el café, recuperar el norte y acumular el suficiente sentido común como para regañarlo por su comportamiento autoritario.

Pero no me muevo. Mi solicitud de intimidad se desvanece antes de llegar a los labios. Me quedo quieta, esperando a ver cómo reacciona, consciente en el fondo de que, exija lo que exija, yo estaré encantada de dárselo.

Ahí es donde está el peligro.

Con una mano firme pero cariñosa me tumba de espaldas.

—Puedes ir al trabajo, si eso es lo que de verdad quieres hacer, pero vas a llegar tarde.

—No puedo…

Posa un dedo sobre mis labios.

—Puedes contármelo luego. Ahora lo que tienes que hacer es desabrocharte la camisa. Enséñame tu cuerpo.

Está jugando a ver quién tiene el poder. Mi orgullo reacciona ofendido y me entran ganas de negarme.

Pero no lo hago.

Hay algo en la forma que tiene de mirarme, en el tono de su voz…

Mis dedos pelean con los botones de la camisa. Ha sido tan fácil rechazar a Dave, pero con Robert… es diferente.

La camisa está desabrochada, pero sigue tapándome; tan solo revela una pequeña franja de piel entre mis pechos.

Se inclina hacia mí y retira con delicadeza la prenda, hasta que me queda sobre los hombros y extendida hacia los lados como el ala rota de una mariposa. Se pone de pie para contemplar cada detalle de mi cuerpo. Respiro entrecortadamente y desvío la mirada de la suya. No debería anhelar esto. No debería querer obedecer las órdenes de un hombre. No después de lo que ha pasado con Dave.

Y sin embargo…

—Separa las piernas, Kasie.

Cierro los ojos.

—Tengo que ir a trabajar —susurro.

—Después. Separa las piernas.

¿Será porque sé lo que se siente cuando este hombre me penetra? ¿Será como una adicción por la que estoy dispuesta a humillarme a cambio de otra dosis? ¿O habrá una parte de mí que no está preparada para enfrentarse a las consecuencias de mis actos? ¿Estaré intentando justificar mi falta de resolución con esta sumisión tan práctica?

¿Acaso importa?

Abro las piernas despacio. Espero que me toque, pero no lo hace. En lugar de eso, bordea la cama como si fuera un lobo.

—Quieres lidiar con esta situación a tu manera —dice Robert, mientras sus ojos recorren mi cuerpo sin disimular su apetito—. Lo respeto y te lo permitiré.

«¿Me lo permitirá?». Abro la boca para rechistar, pero vuelve a inclinarse hacia mí para posar un dedo sobre mis labios.

—Como ya te he dicho, podrás hablar luego. Pero ahora quiero que me escuches. Y harás lo que yo quiera, ¿verdad, Kasie?

Mi corazón late tan fuerte que me pregunto si lo oirá. Aparta el dedo y permanezco callada.

Sus ojos vuelven a recorrer mi cuerpo: me acarician los muslos y se detienen ahí, justo entre mis piernas.

—¿Estás húmeda, Kasie?

No contesto; en parte porque no sé si quiere que hable, en parte porque me da vergüenza admitir que lo estoy.

—Tócate —dice en un tono que no admite negociación alguna—. Mete la mano entre las piernas y dime si estás húmeda.

Mi mano se crispa, como si estuviera luchando consigo misma, pero las ganas de ceder me superan. Con una extraña mezcla de reticencia y deseo, meto la mano entre las piernas. Al deslizar los dedos por el clítoris, me sobresalto, sorprendida de mi propia sensibilidad. Pero sé que no le basta. Meto un dedo, mientras me observa.

—Sí —digo en voz baja, casi sumisa—. Estoy húmeda.

Asiente con la cabeza, satisfecho ante mi respuesta. Con delicadeza, posa la mano sobre la mía para marcar el movimiento.

—Mete dos dedos. —Aunque lo dice con más dulzura, el tono de autoridad sigue predominando—. Y frótate el clítoris con el pulgar. Cuando te ordeno que te masturbes, quiero que lo hagas siempre así, a no ser que te diga otra cosa.

Y cuando retira la mano, hago lo que me ha pedido.

Me meto los dedos y me estimulo al mismo tiempo con el pulgar.

—Como te estaba diciendo —comenta sin quitarme la vista de encima, mientras yo comienzo a retorcerme sobre las sábanas—, te lo permitiré.

Recalca la palabra que sabe que me irritará, pero no me siento con la capacidad para enfrentarme a él. Intento centrarme, pero la confusión y el éxtasis me nublan la mente. ¿Por qué estoy haciendo esto para él? ¿Por qué esto me incita?

—Sin embargo —prosigue sin alterarse—, si trata de hacerte daño, si intenta ponerte la mano encima, intervendré. Me encargaré de él y seré yo quien decida cómo hacerlo. Si hay líneas que no se pueden cruzar, las borraré. Te mantendré a salvo y tú no podrás impedírmelo.

Me acerco peligrosamente a un orgasmo y, por alguna razón, la idea de correrme delante de él —totalmente vestido y con esa actitud serena a la par que autoritaria— aumenta mi excitación. Desvío la mirada, pero me coge de la barbilla y me guía de nuevo en su dirección.

—¿Lo entiendes, Kasie?

Asiento con la cabeza, pero no le basta.

—Necesito algo más. No, no, no te corras todavía —me pide mientras arqueo la espalda. El poco control que me queda se me escapa...—. Antes tienes que responderme, decirme que lo entiendes.

—Lo entiendo —jadeo.

—Y que no me lo impedirás.

—No te lo impediré —repito.

Es todo lo que puedo decir.

—Muy bien.

Se sienta al borde de la cama y contempla el movimiento de mi mano con un interés casi intelectual.

—¿Cuánto te queda para correrte, Kasie?

—Dios...

—Eso no es una respuesta. ¿Cuánto te queda?

Intento desviar la mirada, pero vuelve a cogerme de la barbilla.

—Respóndeme.

—Estoy... a punto de...

Mi voz se rinde. Siento el orgasmo que está a punto de explotar dentro de mí, pero, en ese momento, Robert me coge la mano con cuidado y firmeza, la detiene y la aleja de mi cuerpo.

—Todavía no —dice.

Abro los ojos sorprendida. Que me impida seguir cuando estoy tan cerca me causa demasiada impresión. Dejan de importarme lo más mínimo las consecuencias de esta actitud sumisa. No me importa obedecer sus órdenes sin rechistar. Y menos me importa aún llegar tarde al trabajo. Lo único que me importa es sentir la satisfacción que mis dedos me han prometido. Intento mover la mano entre los muslos, pero me sujeta con tanta fuerza que no puedo.

—Por favor… —jadeo.

—¿Por favor qué, Kasie?

Me ruborizo. La frustración y un deseo incontrolable me sonrojan las mejillas.

—Por favor, deja que me corra.

Sonríe y me besa la frente en un gesto protector.

—No te muevas. No te permito tocarte, ahora no. Tienes que esperar.

Se pone de pie y, una vez más, sin saber por qué y, a pesar de mi creciente desesperación, obedezco.

Se quita la camisa despacio, después los pantalones. Le observo haciendo grandes esfuerzos para estarme quieta. Mi cuerpo está desbocado.

Por fin me muestra su erección. Me muero por que me la meta, pero, en lugar de eso, hace que me incorpore y me siente sobre los talones. Me separa las rodillas para verme entera y me acaricia el pelo.

—Sé lo que quieres. Quieres que te haga mía en esta cama. Te mueres por correrte. Pero antes de eso, me tendrás que hacer una mamada, Kasie. ¿Lo entiendes?

Vuelvo a asentir y sonríe antes de empujarme la cabeza con la mano. Lo meto entre mis labios, deslizo la mano por la base de la polla, mi lengua encuentra venas y rugosidades y lame la punta, juguetona, antes de meterlo aún más en la boca.

Le oigo gemir y el sonido me incita a seguir, me electrifica. Me muevo adelante y atrás preparándole para lo que vendrá y con la esperanza de que mi esfuerzo obtenga una recompensa aún mayor.

Vuelve a gemir y entonces me aparta la cabeza con rapidez.

—Ahora —dice.

Vuelve a tirarme sobre la cama y al instante me ofrece lo que tanto he anhelado. Está dentro de mí, respondiendo a las súplicas de mi cuerpo, liberándolo. El orgasmo, que no tarda en llegar, arrasa mi cuerpo como un tornado, mientras la habitación da vueltas a mi alrededor y el mundo se desmorona. Sigue moviéndose en mi interior, embistiéndome, mordiéndome el cuello. Trato de aferrarme a él, pero me baja los brazos con una fuerza insuperable.

—Nadie te tocará —susurra tan bajito que me cuesta oírle—. Solo yo.

Grito cuando vuelve a embestirme. Sus arrebatos me sobrecogen y hacen que me estremezca bajo su peso.

Sí, es un hombre peligroso. Es peligroso porque su poder proviene de mi deseo y crece a medida que pasa el tiempo y aumenta la complicidad. Puedo luchar contra Dave. Puedo luchar contra Asha.

Pero ¿contra Robert Dade?

Le miro a los ojos. ¿Sabe lo que estoy pensando? Es lo que sugiere esa sonrisa apacible y cómplice. Le rodeo la cintura con las piernas y su boca se me acerca al oído.

—Kasie —gime.

Me la saca, me da la vuelta y vuelve a penetrarme. Grito de nuevo, con el pecho aplastado contra el duro colchón. Me agarro a los barrotes de madera del cabecero como una prisionera implorando la liberación.

Su boca vuelve a mi oído mientras me penetra una y otra vez.

—Solo yo —repite con voz áspera, mientras se esfuerza por dominar ese último momento de control.

Sin embargo, cuando presiono las caderas contra su cuerpo, sé que casi ha perdido el control por completo.

—Ahora —gime, y entonces nos corremos a la vez.

Es una sensación tan potente, tan animal que me parece hasta temeraria.

Siento el peso de su pecho sobre mí cuando por fin se deja caer. Cierro los ojos para intentar bajar los pies a la tierra.

Quizá hubiera estado más a salvo con Dave.

Capítulo
16

Llego al trabajo casi una hora tarde. Barbara me mira sorprendida cuando me ve entrar. Se me ha olvidado llamarla para advertir de que llegaría tarde y es la primera vez que lo hago. Pero no pasa nada. He recuperado la compostura. Los sucesos hipnóticos de esta mañana ya han pasado. Cuando nos despedimos, la voz de Robert había recuperado su tono habitual: tranquilo y seguro.

Sin embargo, al sentarme en el despacho para revisar el correo, una fastidiosa sensación de preocupación me impide concentrarme. Antes me he perdido a mí misma, me he entregado a él por completo: mi cuerpo, mi voluntad… El ángel de mi hombro, al que tanto he ignorado y desatendido últimamente, alza la voz para instarme a huir y me ruega que la escuche al menos por esta vez.

Pero no puedo huir de Robert. Ahora no, todavía no. Tom tenía razón: no es lo que quiero hacer. Es obvio que esta relación beneficia a la empresa, a mi carrera, etcétera, pero a mí todo eso no me importa. No puedo huir de Robert porque no quiero. No tengo la voluntad necesaria para poner las piernas en movimiento.

Tom irrumpe en mi despacho con su desconsideración habitual. Barbara está detrás de él, se encoge de hombros y sonríe, antes de cerrar la puerta para darnos intimidad.

—Tom, siento no haberte llamado para avisar de que llegaría tarde; es que... —Pero algo me detiene. El brillo del sudor en su frente, el rubor de sus mejillas y la rigidez de su mandíbula no auguran nada bueno—. ¿Ha ocurrido algo?

—¿Mis disculpas no te parecieron suficiente? —pregunta con voz ronca.

Jamás he oído ese registro en su voz. Es como un susurro tosco; sugiere un océano de rabia que amenaza con tragarse el edificio entero.

—¿No he sido suficientemente sincero?

Sacudo la cabeza sin comprender nada.

—El viernes me pasé, lo sé. ¡Te pedí perdón!

—Así es —admito antes de mostrar las palmas de las manos para indicar mi confusión—. Lo siento, Tom, sigo sin entender nada. ¿Qué ocurre? ¿Qué te preocupa?

—Me lo ha quitado.

—¿Qué te ha quitado?

—¡TODO!

Grita tan alto que Barbara irrumpe en el despacho dando por hecho que tendrá que meterse en medio de una pelea. Pero al ver el rostro de Tom, al contemplar su dolor, vuelve a salir cerrando la puerta.

Ojalá se hubiera quedado. Delante de mí hay un hombre tan devastado que me resultaría verosímil si me contara que han entrado en su casa, matado a sus hijos, violado a su mujer y robado todas sus propiedades.

Pero Tom no tiene ni hijos ni mujer, y todas sus propiedades están aseguradas.

Por lo que tengo entendido, lo único que tiene Tom, lo único que de verdad le importa, es su trabajo.

Me vuelvo a sentar. El aire parece haberse cargado del aroma a azufre de los presagios.

—¿Qué ha ocurrido? —vuelvo a preguntar.

Pero ya lo sé. Sé que Tom se irá hoy con una caja de cartón en la que habrá metido lo poco que queda de su carrera en esta empresa. Sé que le han pisoteado el corazón con la misma insensibilidad con la que analizamos las cifras de un departamento que debe desaparecer.

Y sé quién es el responsable.

Mientras Tom deja que el silencio hable por él, cambio de postura. Tom siempre ha despertado en mí una curiosa mezcla de desdén y respeto. Además, el viernes no se pasó tres pueblos, se pasó dieciocho. Si no hubiera temido dañar mi propia reputación, podría haberle demandado.

Pero ahí está el quid de la cuestión. Nunca he querido demandarle. Estaba lista para aceptar sus disculpas, por muy interesadas que pudieran ser. Estaba dispuesta a aceptarlo en el día a día. Quería ver si podíamos hacer que esto funcionara. De hecho, no intentarlo no solo perjudicaría a Tom, también me perjudicaría a mí.

—¿Con qué motivo? —pregunto con una voz débil—. Tienen que tener motivos, ¿verdad?

—La queja de un cliente —sisea—. Al parecer he hecho comentarios ofensivos a trabajadoras de Maned Wolf, Inc., mujeres con las que estoy seguro de que no he cruzado palabra jamás. Pero todas están dispuestas a firmar declaraciones asegurando que así ha sido. Encima hay otras empresas que se han subido al carro; empresas pequeñas que de pronto han recordado que también importuné a sus empleadas.

Se me queda mirando, esperando una respuesta. Abro la boca, pero no pronuncio palabra.

—Están de coña —dice desviando la mirada de mí y concentrándose en la pared con el puño levantado—. ¡Están... de... COÑA! —Con cada palabra golpea el puño contra la pared.

Prácticamente veo a Barbara al otro lado de la puerta preguntándose si debería volver a entrar.

Sigue concentrado en la pared.

—Están de coña —repite con un tono más suave—. No he acosado a ninguna mujer en toda mi carrera profesional.

—Bueeeno...

Tom se gira despacio y me mira con desdén.

—¿A ti? —Se me acerca dando un paso—. Hice algún comentario subidito de tono el día después de que me enseñaras el coño.

Me quedo helada, mis uñas arañan la mesa.

—No te enseñé el...

—Dime, si no hubiera dejado a Dave fuera de su casa, si hubiera aceptado su invitación a cenar, ¿me hubieras servido? ¿Me hubieras llenado una copa de vino llevando un vestido del tamaño de un trapo de cocina? ¿Te hubieras sentado a mi lado sin llevar ropa interior a sabiendas de que se te subiría hasta el dobladillo en cuanto te apoyaras en la silla, a sabiendas de que te estaría contemplando, mientras te pasabas la noche literalmente medio desnuda? ¿Hubieras permitido que Dave te degradase delante de mí? ¿Le hubieras consentido que llevara a cabo esa pequeña venganza?

Ahora soy yo la que se pone colorada. La humillación de aquella noche me golpea de nuevo como el dolor que sientes cuando vuelves a hacerte daño en un músculo que ya te habías lesionado antes.

—No hace falta que...

—Porque es la impresión que me dio —prosigue Tom interrumpiéndome—. Te sentías acorralada. Sentías que no tenías opciones, pero yo te ofrecí una. ¡Te salvé el culo! Ese que tu prometido tenía tantas ganas de exponer ante mis ojos. ¡Me marché! ¡Llamé al señor Dade! No soy el malo de la película, entonces, ¿por qué coño me echaste al perro? ¿Porque te dije lo que no querías oír?

—No te eché a nadie —siseo. Me levanto despacio—. Te agradezco que no te comportaras como un gilipollas cuando Dave trató de usarte como un arma contra mí. Te agradezco que llamaras al señor Dade. Pero nada de eso te da derecho a tratarme como lo hiciste el viernes. Sin embargo, y a pesar de todo, no le pedí que te despidiera.

—Esperas que…

—¡Me da igual lo que pienses! —exclamo con brusquedad impidiéndole que acabe la frase—. Le conté a mi amante lo que había ocurrido en el trabajo. Eso es todo. Punto. ¡Tengo derecho a hacerlo! ¡Tengo derecho a hacer todo lo que he hecho desde la última vez te vi!

—¿Y se puede decir lo mismo de él? Sé sincera: ¿crees que tenía derecho a hacerme esto?

Tom espeta la pregunta con vehemencia y esta se queda colgando en el aire como una espada suspendida sobre mi cabeza. Parece que Tom también ve la espada y eso le tranquiliza. Por lo visto le complace haberme consternado. Pero esa calma despierta una nueva melancolía. Veo cómo deja caer los hombros y el rojo se desvanece y, de pronto, Tom me parece un viejo. Al menos diez años más de los que aparentaba el viernes, cuando, entre risas y de manera inconsciente, selló su destino.

Exhala aire haciendo mucho ruido. Es un sonido desconsolado y quejumbroso.

Cuando me da la espalda, parece un cuerpo vacío. Después de tanto teatro inesperado, se marcha de mi despacho en silencio, con el peso propio de un fantasma.

Tom siempre ha sido un aliado problemático más que un enemigo. Como China o Arabia Saudí. No son gobiernos a los que admire, pero reconozco el valor de esos países. Como diría Tom, reconozco la relación simbiótica.

Y si esto es una guerra…, si alguna vez lo ha sido, entonces Robert es un mercenario. Lucha siguiendo sus propias normas —no las normas más honorables de un soldado—, pero lucha por mí. Le he pagado con… ¿Con qué? ¿Sexo? ¿Afecto? ¿Entregándole el control de mi vida?

Vuelvo a ponerme de pie. Aunque me tiemblan las piernas, logro coger el bolso y salir del despacho.

—Me cojo el resto del día libre —informo a Barbara.

—Sí, lo sé —responde ella sonriéndome—. El señor Dade ha llamado para comunicarlo. Dijo que te vería en su casa. Te hubiera pasado la llamada, pero pensé que estabas… ocupada.

Me la quedo mirando, convencida de que he entendido mal. Se inclina despacio hacia mí y me susurra con complicidad.

—¡No tenía ni idea, Kasie! ¡Está buenísimo!

Me quedo agarrotada y la garganta se me estrecha, así que respondo asintiendo ligeramente con la cabeza, antes de dar media vuelta y marcharme.

De camino al ascensor me cruzo con Asha. Se detiene y me dedica una leve sonrisa que ubico en un lugar intermedio entre la admiración y el rencor.

—Me han dicho que te han ascendido al puesto de Tom —comenta.

Me quedo helada. La escena adquiere un aspecto surrealista. Las sombras que proyecta la luz toman forma de espectros y ensombrecen a la gente que pasa.

—Estoy impresionada —prosigue—. Lo has conseguido. Has ganado. —Reacia, me dedica un gesto de deferencia—. La historia la escriben los vencedores.

Y las normas las dictan los vencedores.

—Tengo que irme.

Me alejo de ella antes de que pueda añadir nada más.

El ascensor me hace sentir náuseas. Sé que no estoy en condiciones de conducir, pero me meto en el coche de todas maneras. No sobrepaso el límite de velocidad con la esperanza de ganar tiempo para pensar. Pero no sirve de nada. En mi cabeza no cabe otra cosa que rabia, confusión, miedo… ¿Miedo de qué?

La respuesta es sencilla. Tengo miedo de quien me protege.

Al llegar a casa de Robert, la verja está abierta. Dejo el coche delante del garaje, saco las llaves del contacto y entro con cuidado en el jardín delantero y, de ahí, en la casa.

No encuentro cerraduras a mi paso. Para abrirlo todo basta con tocarlo.

Me lo encuentro sentado en el salón, leyendo un informe.

Levanta la mirada y me sonríe.

—De nada —dice antes de volver a concentrar su atención en los papeles que tiene en la mano.

Niego con la cabeza.

—¿Piensas que he venido a darte las gracias?

—¿Y por qué no ibas a dármelas? Me he ocupado de Tom. Si Dave es un problema…

—No lo será.

—Pero si lo fuera —prosigue Robert—, también me encargaré de él.

A sus espaldas está el cuadro que una vez admiré. Es una pintura abstracta en la que se ve un torbellino caótico de formas coloridas y no figurativas, cuyos esfuerzos por separar a una pareja de amantes resultan en vano. La primera vez que lo vi, pensé que era un testimonio del poder del amor.

Ahora me pregunto si es un testimonio del poder a secas.

—Yo no hago las cosas así —le digo—. Yo no vivo en un mundo en el que es aceptable destruir a quienes me contrarían.

—Confía en mí: te acostumbrarás.

—Hemos terminado.

Por fin deja los papeles, se levanta y avanza hacia mí. Nos separan unos pocos centímetros. No quiero reaccionar ante él, pero mi cuerpo no coopera con mi mente. Es casi pavloviano.

Cuando se acerca más a mí, el corazón se me acelera, la respiración se me entrecorta y siento un leve palpitar entre las piernas.

Giro la cabeza, la traición de mi cuerpo me avergüenza y sé que a él no le pasa desapercibida.

—Me has dicho mil veces que hemos terminado —comenta con tranquilidad—. Nunca ha pasado, Kasie. Lo has intentado varias veces, pero no logras dejarme. A veces piensas que es lo que debes hacer, pero no lo haces. Te dije que quería estar contigo cuando fueras mía de verdad. Ahora lo eres.

—No —repito débilmente tratando de sacar fuerzas de la reiteración—. Yo no hago las cosas así.

Su mano guía mi barbilla hacia él, tal y como hizo esta mañana. Me mira a los ojos.

—No pasa nada —dice—. He cambiado tu mundo.

Se me escapa un grito, me doy media vuelta y corro hacia la puerta.

Pero incluso cuando salgo de la casa, incluso cuando subo al coche y me voy a todo meter, sé que no puedo alejarme de él.

«Sé que hasta cuando estoy lejos de ti, estoy dentro de ti. Puedo tocarte con solo pensar en ti».

Estoy en un lío.

* * *

¿A dónde conducirá a Kasie su elección? Sigue leyendo un adelanto de *Solo una noche. Tercera parte. Contrato blindado.*

EXTRA ESPECIAL

SOLO UNA NOCHE

TERCERA PARTE

Contrato blindado

Capítulo

1

Cuando llego a mi calle, veo su Alfa Romeo Spider aparcado delante de mi casa. Es imposible que pase desapercibido. Lo que me sorprende es que él esté fuera, apoyado en la puerta. Tiene los brazos cruzados y su pelo canoso brilla a causa del ligero rocío de la noche. Aparco el coche y me acerco a él.

—Esta vez no te has colado en mi casa.

Sonríe arrepentido.

—Estoy buscando un punto intermedio entre ser protector y ser intrusivo que nos satisfaga a ambos. Pensé que no forzar la puerta de tu casa sería un buen comienzo.

—Estás aprendiendo. —Meto la llave en la cerradura, abro la puerta y le permito que me siga hasta el salón—. Aun así —replico cuando hemos entrado y se ha sentado en el sofá—, podrías haberme llamado.

—Podría haberlo hecho —admite—. No lo hice.

Me giro hacia él. No entiendo a este hombre. A ratos no tengo claro ni siquiera si me cae bien. Pero, madre mía, cuánto le deseo.

—¿Para qué has venido?

—No vas a dejarme —responde a secas.

—¿Ah, no? ¿Y tú cómo lo sabes?

—Lo sé. —Ladea la cabeza y sonríe—. Tendría que haber hecho algo en particular para que tuvieras la voluntad de dejarme. No lo he hecho y, por tanto, lo único que puedes hacer es quedarte conmigo.

Dirijo la mirada al techo de color hueso bajo el que estamos. Me he esforzado por que mi casa tenga un ambiente sencillo, sofisticado y cómodo, pero la habitación me resulta ahora complicada, indómita y no me siento nada cómoda. Todo lo que rodea a Robert me altera. Su voz vibra en mi interior como el ritmo de una canción de rock, me hace cobrar vida y amplifica sensaciones que, de no ser por él, yo reprimiría.

—Acabo de salir de una relación —le recuerdo—. La visión que otra persona tenía de mí me ha estado controlando durante años y ahora tú también quieres controlarme.

—No. —Se pone de pie y se me acerca—. Yo no quiero controlarte. —Desliza los dedos bajo mi barbilla y guía mi rostro en su dirección—. Me gustaría corromperte…, aunque solo sea un poco.

—¿Corromperme?

—Kasie, si dejas que te ayude, podríamos tenerlo todo. La gente que se burla de ti o que trata de complicarte la vida haría reverencias ante nosotros. Lo que ha pasado con Tom tiene moraleja. Necesitamos a gente así. Todo el mundo debería saber lo que le ocurre a quienes te contrarían.

—Hablas de la vida de una persona.

—Hablo de la victoria.

Desliza la mano por mi espalda y me apoyo en él instintivamente, presionando mi pecho contra el suyo.

—No quiero que hagas que despidan a Asha.

—Ay, pero quieres tantas cosas… —susurra, rozando sus dientes con el lóbulo de mi oreja—. ¿Qué es lo que más deseas, Kasie? ¿Justicia? ¿Poder? —Me empuja con delicadeza contra la pared; me lame la parte inferior del cuello—. ¿A mí?

Intento responder, pero me quita la camisa, me desabrocha los pantalones y deja que caigan al suelo...

* * *

¿Encontrará Kasie la felicidad con Robert? Lo descubrirás en la tercera parte de *Solo una noche. Contrato blindado.*

Sigue de cerca a la autora

Kyra Davis es la autora de la colección de misterio que tiene por protagonista a Sophie Katz y de la novela *So Much For My Happy Ending*, que han tenido gran éxito de crítica en los países en los que se han publicado. En la actualidad se dedica a tiempo completo a escribir novelas y guiones para televisión. Kyra vive en Los Ángeles con su hijo y su adorable geco leopardo, Alisa.

Visita su página web: www.KyraDavis.com.

Síguela en @_KyraDavis www.Twitter.com/_KyraDavis.

Visita su grupo de fans en Facebook: www.facebook.com/pages/Fans-of-Kyra-Davis/30346-0793916?fref=ts.